हवा धीरे आना

चंचल

notionpress
.com

INDIA • SINGAPORE • MALAYSIA

Copyright © Chanchal Das 2023
All Rights Reserved.

ISBN 979-8-88869-310-0

This book has been published with all efforts taken to make the material error-free after the consent of the author. However, the author and the publisher do not assume and hereby disclaim any liability to any party for any loss, damage, or disruption caused by errors or omissions, whether such errors or omissions result from negligence, accident, or any other cause.

While every effort has been made to avoid any mistake or omission, this publication is being sold on the condition and understanding that neither the author nor the publishers or printers would be liable in any manner to any person by reason of any mistake or omission in this publication or for any action taken or omitted to be taken or advice rendered or accepted on the basis of this work. For any defect in printing or binding the publishers will be liable only to replace the defective copy by another copy of this work then available.

अनुक्रमणिका

अध्याय - २
आज अगर चाँदनीया आना मेरी गली

भूमिका

प्रिय पाठक,

दो साल पहले मेरा पहला उपन्यास 'देवगांधारी' प्रकाशित हुआ था। मुझे पाठकजनों की तरफ से अप्रत्याशित सराहना प्राप्त हुई और साथ ही अगला उपन्यास लिखने की प्रेरणा भी। इसके लिए मैं तहे दिल से उन्हें शुक्रिया अदा करता हूँ।

अब आपके सामने पेश है मेरा नया उपन्यास **'हवा धीरे आना'**। इस उपन्यास की शुरुआत सत्तर दशक के समय से होती है। उपन्यास मे कुछ ऐतिहासिक घटनाओ की पृष्ठभूमि का सहारा लिया गया है। सुनी-सुनाई घटना की सत्यता का विचार यहाँ नहीं किया गया है, ना ही उन घटनाओ को प्रमुखता दी गई है। जैसा कि मैने लिखा है, वह घटनाये एक पृष्ठभूमि मात्र है। इस उपन्यास में मैने रिश्ते, और रिश्तों के बीच आपसी प्रेम पर प्रमुखता दी है।

हिंदी भाषा अपने आप में एक समृध्य भाषा है। इस भाषा और शब्दों के साथ खेलना या छेड़खानी करना मेरे लिए धृष्टता है। मेरे जैसे लेखक के लिए शायद ये शोभा भी नहीं देता है। यही वजह है कि मैंने इस उपन्यास में आम बोलचाल की भाषा का उपयोग किया है। इसका उद्देश्य है कि, पाठक अपने आप को कहानी के अंदर देख सके और चरित्र को महसूस कर सके। अन्ततः पाठकों से आशा रखता हूँ कि वो मेरी व्याकरणगत त्रुटियों को नजरअंदाज कर मूल कहानी का आनंद लेंगे।

यह उपन्यास मैं अपनी अर्धांगिनी शर्मीला
को समर्पित करता हूँ|

जिसके प्रेरणा के बिना इस उपन्यास को पूरा
करना संभव नहीं था|

अध्याय - १.

नन्ही कली सोने चली

१. हम और हमारी हवेली

'तुम जो बाजा बना रही हो, वैसे इसे बजते हुए तो सुना है लेकिन इसे कहते क्या है?'

'इसे ड्रम सेट कहते है, कुछ नहीं जानते हो तुम!'

'अच्छा? ये वैसे ही बजेगा जैसे तुमने सुना था?'

'लगता तो है, अब देखते हैं, बन जायेगा तो पता चलेगा'

'एक बात बताओ, मैने तो कभी किसी लड़की को ये बाजा बजाते हुए नहीं देखा है।'

'पहले नहीं देखा है तो अब देखोगे। वैसे अगर लड़के बजा सकते है तो मैं क्यों नहीं बजा सकती?'

'नहीं नहीं, गुस्सा मत करो ना, मैं तो यूँ ही पूछ रहा था। वैसे लगता है इसको बजाने में ज्यादा ताकत लगती है, इसीलिए लड़के इसे बजाते है। तो फिर तुम ही पहली होगी ये बाजा बजानेवाली लड़की?'

ये बात तो सही कह रहे है, जीनु दादू। पहले किसी लड़की को ड्रम सेट बजाते हुए मैने भी ना देखा है ना सुना है। अब जीनु दादू से भीड़ ही गई हूँ तो पीठ दिखाना तो मेरे लिए मुश्किल है। बहस जारी रखनी है, जब तक दादू हार कर चुप ना हो जाए।

'लड़की क्या नहीं कर सकती? हमारी प्रधानमंत्री भी तो लड़की ही है ना? वो तो सारे लड़को वाले काम कर लेती है? पहले कोई लड़की प्रधानमंत्री बनी है, बताओ? और हैल्लो, ये 'बाजा बजानेवाली' क्या बात हुई? तुम्हे पता है इसे बजानेवाले को ड्रमर कहते है? इसमें वाला या वाली नहीं होता है।'

अब धौंस जमाने और ज्ञान दान करने का मौका कौन छोड़ता है? मौका मिला और दे दिया। वैसे भी मैं ज्ञान दे रही हूँ और कोई सुन भी रहा है तो अच्छा ही लगता है। नहीं तो मेरी बात सुनता ही कौन है?

'हूं, चलो बनाओ'

आखिरकार जीनु दादू एक पुरानी अलमारी के ऊपर उकड़ू होकर बैठ गए और मेरी ठुकाई पिटाई मन लगा कर देखने लगे। इसका मतलब है दादू हार गए।

कुछ पल बीते ही थे कि,

'अभी तुम्हारी माँ तुम्हे बुलानेवाली है, सारा सामान लपेट लो, मै चलता हूँ 'इतना कहकर और समय की तरह जीनु दादू अलमारी के ऊपर से गायब हो गए। बस, इतना ही आता है उनको, प्रकट होना और गायब होना।

'शीनू! शीनू! जल्दी नीचे आओ, बड़ी माँ बुला रही है। कहाँ स्कूल से वापस आकर हाथ पैर धो के खाना खायेगी, लेकिन नहीं, जब देखो बरसाती में पता नहीं क्या ठोक-पिट में लगी रहती है आजकल'

माँ की आवाज सुन कर मैंने अपना काम बंद कर दिया।

माँ भी ना, जब भी यहाँ मन लगा के काम में जुटती हूँ बस आवाज दे देती है। अब बात ही कुछ ऐसी है कि इस साल कश्मीरी गेट की दुर्गा पूजा में कोई बम्बई से सिंगर आया था। चलो, गाना तो ठीक ठाक था लेकिन मेरी नजर और कान उस ड्रम के ऊपर टिक गए थे। क्या शानदार चीज थी वो। सिंगर के साथ ड्रमर जब 'आजा आजा, मै हूँ प्यार तेरा 'गाने के साथ में ड्रम बजाने लगा, मै तो दंग ही रह गई। क्या बजाया था वो बंदा। उसी सामय तय कर लिया था कि मै भी ड्रम सेट बजाना सीखूंगी। दोस्तों के पास इसका जिक्र किया तो उनलोगो ने बताया की ये सेट बहुत महंगा

आता है। एकबार घर के पास म्यूजिकल इंस्ट्रूमेंट की दुकान, भार्गव म्यूजिक में दाम पूछने भी चली गई थी।

दुकान के मालिक, भार्गव अंकल, बाबा के दोस्त है। लेकिन सेट की कीमत सुनने के बाद ख़रीदने का विचार छोड़ दी। हालाँकि अंकल थोड़ी देर मुझे बजाने भी दिए वहां पर रखा एक सेट पर। इतना आसान तो नहीं है बजाना, लेकिन मजा आ रहा था। खूब बजाई मैंने। दुकान में आये ग्राहक लोग मुझे देख रहे थे और हंस भी रहे थे, मेरे अनाड़ी और बे-ताल बजाने पर। खैर माँ को इस ड्रम सेट को खरीदने के बारे में पूछना और दिवार पर सिर ठोकना तक़रीबन एक ही बात है। बड़ी माँ और छोटी चाची के सामने इज्जत का इतनी फालूदा बनाएंगी की पूछो मत।

इस घर में अगर मुझे कोई इज्जत देता है तो वो है बड़े पापा और बड़ी माँ। अब तो एक ही रास्ता रह जाता है कि इस सेट को खुद ही बना लिया जाए। अपने बरसाती के स्टोर रूम में ड्रम सेट बनाने के सामान कुछ मिल गया जैसे बिस्कुट के टीन का डब्बा, लकड़ी का फट्टा, सोयेटर बुनने के कांटे आदि। फिर क्या था, कागज में उसका डिज़ाइन बनाकर लग गई ड्रम सेट बनाने। बिस्कुट के डब्बे के उलटे तरफ से ड्रम, उसके ढक्कन से झन्न-झन्न करनेवाला बाजा और बजाने के लिए वही सोयेटर बुनने के कांटे। बेशक, जुगाड़ू तो हूँ। फक्र है अपने आप पर। क्या ड्रम सेट बनाया है मैंने। आवाज करीब करीब एक जैसी ही आ रही थी।

'और कितनी बार आवाज देना पड़ेगा मुझे?'

माँ की ये आवाज खूब पहचानती हूँ। इसका मतलब है कि फटाफट नीचे चलो नहीं तो माँ ऊपर आ रहीं है कान मरोड़ने। किसी तरह साज़-सामान समेट कर नीचे भागी। अच्छा हुआ रसोई में बड़ी माँ मिल गई।

अपनी आदत के मुताबिक मैं बड़ी माँ को पीछे से गले लगा ली और पीठ में मुँह छुपा ली और जोर जोर से साँस लेने लगी।

पता नहीं बड़ी माँ और माँ के शरीर से ये 'माँ' वाली खुशबु कहाँ से आती है, कभी कोई परफ्यूम लगा के रसोई में घुसते हुए तो नहीं देखा। बड़ी माँ मेरा बाँह पकड़ कर अपने सामने खींच ली।

'हाय हाय ये स्कूलवाले इस नन्ही बच्ची का खून निचोड़ के रख दिया है। सत्यानाश हो उनलोगो का'

आँचल से मेरा मुँह पोछती हुई और स्कूल के टीचरो का अंतिम क्रिया करती हुई बड़ी माँ बोली।

'छोटी तू भी ना सारा समय इसके पीछे पड़ी रहती है। देख तो सही, मुँह एकदम लाल हो गया है, सारा दिन स्कूल के बाद थोड़ा समय ही तो अपने लिए निकाल लेती है बेचारी'

'दीदी, आप तो बस इसकी तरफदारी करोगी, स्कूल से आकर कपड़े भी नहीं बदली। हाथ धोई थी या इन्ही गंदे हांथो से नास्ता करेगी?'

मै तुरंत माँ के आँचल से अपना हाथ पोछ लि।

'ये देखो, हो गया हाथ साफ़'

बड़ी माँ, छोटी माँ और माँ भी हंस पड़ी मेरी इस हरकत से।

'चल बदमाश, ये ले हलवा और चम्मच से खा ले, खबरदार गन्दे हाथ खाने में लगाई तो' माँ हंसती हुई बोली।

हमारा ये घर या हवेली या कोठी, जो भी नाम दिया जाये, बहुत पुराना है। एकदम दरियागंज थाने के पीछे ही है। इतिहास कहता है कि ये दरियागंज कभी सम्राट शाहजहां के समय शाहजहानाबाद के नाम से जाना जाता था। ये हवेली म्युनिसिपलिटी से १५ नंबर से दागा गया है। देखा जाये तो यहाँ के गिनी चुनी पुरानी हवेलिओं में ये हवेली भी आती है। तिमंजिला हवेली है। सड़क से अंदर आते ही पहले छोटे सा बरन्दा फिर लकड़ी का नक्काशी किया हुआ दरवाजा। जिसमे से घुसते ही अपना बैठक यानि ड्राइंग रूम शुरू होता है, फिर

बरांदा फिर आंगन। इधर सदर दरवाजे से बाहर निकलो तो सड़क, सड़क के उसपार पार्क है। ये पार्क नाम मात्र का ही है। सरकारी खाते में शायद इसके लिए खर्चा भी होता होगा लेकिन एक सीमेंट की बनी छतरी और उसके नीचे बैठने के लिए बेंच के सिवा और कुछ नहीं है। ज्यादातर लोग इस पार्क को शादी ब्याह के लिए ही इस्तमाल करते हैं।

लो, गलती से दरवाजे से बाहर निकल गई थी मैं, वापस चलते हैं।

हाँ, ड्राइंग रूम पार करके अंदर जायेंगे तो पहले वर्गाकारनुमा बड़े बड़े खम्बेवाला बरामदा, फिर उसी आकार का आंगन आएगा। जिस तरफ कमरे नहीं है वो गली की तरफ है जहाँ ऊँची दिवार और एक दरवाजा है। बरामदे के एक कोने से सीढ़ी पहली मंजिल, फिर दूसरी मंजिल फिर बड़ी सी छत पर पहुंचकर खत्म होती है। सीढ़ी पुराने ज़माने की है। चौड़ी और ऊँची। जब छोटी थी तब चड़ने में दोनों हाथ और पैर का इस्तेमाल करना पड़ता था। छत पर और तीन कमरे हैं जिसमे से एक मेरी वर्कशॉप है। माँ और बाकि सब लोग कबाड़ी वाला कमरा कहते है। माँ को क्या पता यहाँ कितने काम की चीजे मैने इकट्ठा कर रखी है। रहने लायक ऊपर नीचे मिलाकर तेरह कमरे है। सारे लोग हाथ पैर फैला के रहने पर भी छह सात कमरे बंद ही पड़े रहते है। कभी कभार गेस्ट आ जाये तो कमरे की सफाई होती है और रहने लायक बनाया जाता है।

बड़े पापा कहते है, ये हवेली तक़रीबन डेढ़ सौ साल पुरानी है। दादी की मम्मी राजस्थान के कुलधारा गाँव की थी। बड़ी लम्बी कहानी है ये, बड़े पापा थोड़ा थोड़ा करके सुनाते हैं। मै भी कोशिश कर रही हूँ उस कहानी को लिखने की। अभी तक करीब करीब पच्चीस पन्ने लिख चुकी हूँ। यहाँ अब बड़े पापा, बाबा, यानि मेरे पिताजी, जिन्हे मैं बाबा बुलाती हूँ और छोटे चाचू और छोटी माँ रहते हैं। बड़े पापा आर्मी में थे, अब रिटायर कर चुके है, अपना

नाम बड़े ही फक्र से बोलते हैं, 'ब्रिगेडियर अखिल दासगुप्ता'। उनका एक बेटा, अर्जुन, यानि सोना दादा या सोनादा। सभी उन्हें सोना कहके बुलाते है। दिल्ली यूनिवर्सिटी में पढ़ते है। दूसरी उनकी बेटी, अनुराधा, अनु दीदी फिल्म स्टार से कोई कम नहीं समझती है वो अपने आप को। वैसे सुन्दर तो है दीदी, गोरी, लम्बी, बड़ी बड़ी आंखे। लम्बे और घुंगराले बाल करीब करीब घुटने तक पहुँच जाते है। काश मेरे भी इतने लम्बे बाल होते। मेरे तो सिर्फ गर्दन तक ही है। माँ कहती है, जब मै अट्ठारह या उससे ज्यादा साल के आसपास हो जाउंगी तब मेरे भी उतने लम्बे बाल हो जायेंगे। गिन के देखा है मुझे और कुछ ही साल इंतजार करना पड़ेगा। बाकि गोरी तो हूँ ही, बस थोड़ा वजन घटाना पड़ेगा मुझे। अब करे भी तो क्या करे, जबरदस्त भूख जो लगती है मुझे। बड़ी माँ कहती हैं कि अभी मेरी बढ़ती उम्र है, भूख तो लगेगी ही। तो फिर घर पर कितने लोग हुए? फिर से गिनते हैं, बड़े पापा, बड़ी माँ, सोना दादा, अनु दीदी, बाबा, माँ, मैं, छोटे चाचू, छोटी माँ। पुरे दस होने से एक कम, नौ लोग रहते इतनी बड़ी हवेली में।

अनु दीदी लेडी श्रीराम कॉलेज में पढ़ती हैं। वैसे ठीक ही है वो, लेकिन पता नहीं क्यों मेरे पीछे हर समय हाथ धो के पड़ी रहती है। जब देखो माँ से मेरी शिकायत करती रहती है। एक आध बार थोड़ी बहुत परफ्यूम, या नेल पोलिश ही तो लगाती हूँ उसके ड्रेसिंग टेबल या पर्स से ले कर। लेकिन ये गुनाह है क्या? पता नहीं किस जनम की दुश्मनी है। एक बड़े पापा और बड़ी माँ ही है जो उसके कोप से बचा लेते है।

मेरे प्यारे बाबा यानि पिताजी जुगल दासगुप्ता, जमशेदपुर, टाटा स्टील में इंजीनयर हैं। महीने में एकबार तो आ ही जाते है, फिर होती है मस्ती घर में। जितने दिन रहते है घर में जैसे उत्सव सा माहौल बना रहता है। जब बाबा यहाँ रहते हैं तो, बड़े पापा उन्हें अपनी नजरों से हटने नहीं देते है, कहीं गलती से दोस्तों के साथ मिलने भी गए तो

'जग्गू कहा है? अभी तक घर क्यों नहीं आया? इतनी देर तक बाहर रहने की क्या जरूरत है?'

आदि की रट लगाते रहते है। छोटे चाचू, निर्मल दासगुप्ता कॉलेज में इंग्लिश के प्रोफेसिर है। हर सुबह हनुमान चालीसा पढ़े बिना वो घर के बाहर कदम नहीं रखते है। मैं उनके साथ कभी कभी बैठ कर हनुमान चालीसा का पाठ करती हूँ। अब तो बिना देखे ही पूरा चालीसा पढ़ लेती हूँ। छोटे चाचू बड़े फक्र के साथ सबको ये बताते हैं। छोटी माँ काफी पढ़ी लिखी हैं लेकिन वो कहीं काम नहीं करती सिवाय बड़ी माँ को रसोई आदि में सहायता करने के। वैसे हफ्ते में दो तीन दिन आस पड़ोस के काम वाली बाई के बच्चो को पढ़ा देती है बिना फीस लिए। उनको अच्छा लगता है। छोटे चाचू और चाची, दोनों ही घर के बाकियों की तरह ज्यादा हल्ला गुल्ला करने वालो में से नहीं है, दोनों ही शांत स्वभाव के हैं, एकदम एक दूजे के लिए ही जैसे बने है। बस हर समय दोनों की शक्ल में एक हलकी सी मुस्कराहट लगी रहती है। हाँ, एक मुद्दे की बात। अभी तक मेरा कोई छोटे भाई या बहन नहीं हुआ है। बाबा और माँ से कई बार इसकी फरमाइस करने के बाद निराश होकर छोटी चाची से एकांत में विनती कर चुकी हूँ। उधर से भी कोई संतोषजनक उत्तर न मिलने पर निराश जरूर हुई हूँ लेकिन उम्मीद नहीं छोड़ी।

माँ, सोनादा की यूनिवर्सिटी में प्रोफेसर है, साइकोलॉजी की। लेकिन फुल टाइम नहीं करती है। माँ पढ़ाने के सिवा वहां के टीचर्स यूनियन की सेक्रेटरी भी है इसीलिए तक़रीबन हर रोज वो कॉलेज जाती है, क्लास हो या ना हो। मगर मेरी पढ़ाई की जिम्मेदारी उनकी है। इसीलिए कुछ भी हो जाये शाम से पहले वो घर आ ही जाती है और मेरा होमवर्क करवाकर बड़ी माँ और छोटी माँ के साथ रसोई के काम में हाथ बटाती है।

और है जीनु दादू। इनको जब से मैंने होश सम्हाला है, तब से देख रही हूँ। उनका दर्शन केवल बरसातीवाले कमरे में ही मिलता है। घर पर और कोई नहीं उसे देख पाता है सिवाय मेरे। अच्छा

दोस्त है वो। अभी भी वैसे ही दीखते है जीनु दादू, जैसे बचपन में दीखते मिले थे। जीनु दादू वाला नाम आपस में तय कर के ही रखे थे हम दोनों। जब पहली बार मिले थे जीनु दादू से तब, हालत कुछ ऐसे थे कि, दीदी के शिकायत पर माँ ने अच्छी खासी डांट लगाई थी। शिकायत भी किस बात पर? बात यूँ थी कि मैं उसके चाय में थर्मामीटर लगाकर देख ही तो रही थी कि चाय का तापांक कितना है! मुझे क्या पता था कि थर्मामीटर टूटू जाएगी और उसका पारा चाय में गिर जाएगा! ये भी कोई गलती है भला? मन उदास होने पर मै अक्सर बरसाती में जा कर बैठ जाती हूँ। बस अपने दुखी जीवन के बारे में सोच ही रही थी कि की पीछे से खांसी की आवाज सुनाई दिया। पीछे मूड़ी तो एक अजीब शक्ल वाला आदमी खड़ा मुझे टुकुर टुकुर देख रहा है। देखने में एकदम बुड्ढा सा, बिना बाल के सिर, सिर्फ पीछे एक लम्बी चोटी, सांवला या शायद नीला रंग, सिर्फ ठुड्डी में लम्बी दाढ़ी। ऊंचाई शायद चार फ़ीट से ज्यादा नहीं। अजीब सी शक्ल और अजीब सा लिबास। वैसे हिसाब से तो मुझे डरना चाहिए था, मतलब उस आदमी, या जो भी चीज हो, ऐसा ही कुछ उसने उम्मीद किया था। लेकिन मै और डर? धत...

'तुम कौन हो?'

'पता नहीं'

शायद उसे देख मेरे ना डरने की वजह से बेचारा मायूस हो गया था।

'नाम क्या है?'

'जिन्न, सब इसी नाम से बुलाते है। वैसे मेरा कोई नाम नहीं है, जो जैसी मर्जी बुलाता है।'

'अलादीनवाला?'

'शायद! वैसे तुम्हे क्या हुआ है? तुम्हारा मूड ठीक नहीं है?

'नहीं, माँ से डांट पड़ी है। बिना वजह के'

'मूड ठीक करने का कोई तरीका नहीं आता है? मै बताऊ कैसे मूड ठीक किया जाता है?'

'हाँ, बताओ'

'अपनी पसंद की अच्छी अच्छी मिठाइयों और खाने के बारे में सोचना पड़ता है। सोचो सोचो, कोशिश करो, देखना मूड अपने आप ठीक हो जायेगा'

थोड़ी देर तक कोशिश करने के बाद भी मूड ठीक नहीं हुआ। वैसे होता भी कैसे, खाने के बारे में सोचो लेकिन सामने न हो, मूड तो और भी बिगड़ेगा की नहीं?

'नहीं हो रहा है, वैसे तुम तो अलादीन वाले जिन्न हो, कुछ भी ला सकते हो? मेरे लिए घंटेवाला से बालुशाई ला दो ना, शायद खाने से मूड ठीक हो जाये'

'नहीं ला सकता ना' काफी उदासी के साथ बोला जीनु दादू।

'अलादीन को तो बहुत कुछ मंगवा देते थे! मै मांग रही हूँ तो नहीं?' थोड़े गुस्से में ही मै बोली।

'तब ला सकता था ना, अब नहीं 'और भी उदासी के साथ दादू बोला था।

'बड़े ही निकम्मे जिन्न हो' उदास हो कर मै बोली।

'निकम्मा तो हूँ मेरे से भी ज्यादा उदासी के साथ बोला जिन्न|

'वैसे तुम्हारा कभी मूड ख़राब होता है?'

'हाँ, होता तो है, लेकिन कभी कभी'

'कभी कभी क्यों?'

'जब सोचता हूँ की मैं कौन हूँ'

'ये क्या बात हुई? अभी तो तुमने बताया की तुम जिन्न हो, फिर तो तुम जिन्न ही हुए ना?'

'वो तो तुमलोगों ने नाम दिया है। मेरे माँ बाबा तो नहीं दिया है ना!'

अब इस बात पर बहस कौन करे इनसे। अब इनसे उसके माँ बाबा की बात पूछेंगे तो लम्बी बात हो जाएगी। फ़िलहाल मुझे बकबक करने का मूड एकदम नहीं है।

खैर इसके बाद उनसे उनके निजी ज़िन्दगी के बारे में मैने कभी नहीं पूछा, ना ही कुछ माँगा था। कभी उनसे डर भी नहीं लगता था। इतने बेचारे जिन्न के बारे में पहले कभी ना सुना था ना पढ़ा था। हाँ, बात चित चलती रहती है। स्कूल में क्या हुआ, टीचर क्या बोली, घर पर क्या चल रहा है। जीनु दादू मन लगा कर सब सुनते है और धीरे धीरे सिर हिलाते है। लेकिन एक बात है दादू में, पता नहीं कैसे पहले से ही भांप जाते है कि क्या होनेवाला है। जैसे अभी अभी बोला की माँ बुलाएगी, ठीक उसी समय माँ की आवाज आई।

नास्ता ख़तम ही होनेवाला था की गली से आवाज आई।

'सुदक्षिणा तेरा हो गया है या मै जाऊं? जल्दी आ जा, सब फील्ड में पहुँच गए है'

गुलजार की बेसब्री से भरी आवाज गली के दरवाजे की तरफ से आ रही थी। सुदक्षिणा, यानि मै, घर पर सब वैसे शीनू नाम से ही बुलाते है। कुछ करीबी दोस्तों के सिवा शीनू नाम किसी को पता नहीं।

'रुक जा गुलजार। मै बस दो मिनट में आ रहीं हूँ, तू तबतक मनीष को बुला'

गुलजार को रुकने के लिए बोली और झट से उठ कपड़े बदलने चली गई। आज क्रिकेट मैच है।

'लो आ गई बंदरो की टोली। वैसे शीनू, तुझे लड़कियों के साथ खेलने में क्या दिक्कत है रे? कितनी बार कहा है कि बगल की

कोठी में लड़कियां गुड्डा गुड्डी की शादी का प्लान कर रही है, तू भी जा। लेकिन नहीं इन्हे तो बल्ला और गेंद से ही खेलना है, वो भी लड़को के साथ'

माँ की मेरे से एक और नाराजगी की वजह। अब वो करे भी तो क्या करे? इन लड़कियां के साथ ही-ही करने और गुड्डा गुड्डी की शादी वाले खेल में मुझे कोई दिलचस्पी नहीं है।

'छोड़ ना मझली, अच्छा ही तो है दौड़ धुप कर खेलना। इसमें बुराई क्या है?'

हर बार की तरह बड़ी माँ ने मेरी पैरवी कर दी।

'दीदी, और कोई वजह नहीं है, अकेली लड़की, लड़को बीच खेलती है कुछ ऊंच नीच हो जाये तो?'

'मझली, तू सही सोच रही है, लेकिन लाल किले के अंदर तो सारे जान पहचान के ही लोग है। या तो इस मोहल्ले के लोग नहीं तो उनके और देवरजी के पहचान के वर्कर। तू चिंता ना कर, हमारी बेटी सयानी है'

मै निकलते निकलते बड़ी माँ के गाल में एक चुम्मी, बतौर नजराना देकर गली के तरफ का दरवाजा खोल के उछलकर सीधे गुलजार की साइकिल के पीछे बैठ गई। पीछे एक और साइकिल में कामिल भाई था। उसके पीछे वाले करियर में भी कोई और बैठा था। कामिल भाई मेरे बैटिंग के पार्टनर है।

उसी समय दीदी भी कॉलेज से लौट रही थी फिर क्या था, आवाज तो देगी ही

'मोटी, कहाँ चली? घर पर पैर नहीं टिकते है क्या? होम वर्क कर लिया?'

यही प्रॉब्लिमं है दीदी की। ठीक है, मै थोड़ी मोटी हूँ, लेकिन मेरी एनर्जी दीदी से तो ज्यादा है? अब कल की ही तो बात है, मेरे पीछे दौड़ी थी पीटने के लिए, पकड़ पाई थी?

'वापस आके करुँगी ना' आगे दीदी क्या बोली मुझे कुछ सुनाई नहीं दिया।

'गुलजार भगा साइकिल, देर हो गयी है'

आज छुट्टी का दिन नहीं है, इसलिए किले के अंदर इतने टूरिस्टो की भीड़ भी नहीं है। वैसे भी हम लोग सावन-भादो महलों के पीछे की तरफ ही खेलते हैं। उधर लोग ज्यादा आते नहीं है। जब सरकारी अफसर दौरे पर आते हैं तो पहले से ही गार्ड और वहां के कर्मचारी आगाह कर देते है, उस दिन सब किले के बाहर के मैदान में खेलते हैं। आज रेलवे के बच्चा टीम के साथ मैच है। अपनी टीम में मै ही एकलौती लड़की हूँ। लेकिन मैच शुरू होने से पहले ही प्रॉब्लम हो गई। रेलवे की टीम ने मैदान में पहुंचकर खेलने से मना कर दिया। वजह? टीम में लड़की नहीं खेल सकती है। मै अच्छी विकेट कीपिंग करती हूँ और अच्छा खासा रन भी बना लेती हूँ। गुलजार और कामिल काफी देर तक लड़ते रहे उनसे, मुझे टीम में रखने के लिए। देखा जाये तो कामिल और मैं दोनों अगर साथ में मैदान में बैटिंग के लिए उतरते हैं तो मजाल है किसी की जो हम दोनों को आउट कर सके। ये बात तो पता ही है दूसरी तरफ की टीम को। जैसे तैसे जोड़ी तोड़ना तो जरुरी है उनलोगों के लिए। आखिरकार किसी तरह सब लोग उन्हे मना लिया और मैच शुरू गया।

२. मोनू टोनू और सोनू दी गड़्डी.

गर्मी के मौसम में अगर भरी दोपहर को अच्छी खासी बारिस हो जाये तो क्या कहने। जबर्दस्त कोशिश के बावजूद हलकी सौंधी मिटटी की खुशबू और ठंडी हवा की वजह से मुंदती आँखों को खोल के रखना कठिन लग रहा था। हाथ में अभी कोई काम भी नहीं है जो अपनी वर्कशॉप में बैठ कर कुछ करूँ। वैसे ड्रम सेट तो बना चुकी हूँ। दो चार बार बजाने की कोशिश भी की, लेकिन माँ की धमकी की वजह से मेरी संगीत चर्चा ज्यादा दूर तक नहीं जा पाई। अब साथ में कोई गाना गाये या कुछ बजाये तब ना जाके मै अपना हुनर सब को दिखा सकती हूँ। अफ़सोस इस बात का है कि एक कुशल ड्रमर देश को नहीं मिल पाया। माँ आखरी बार ये कह के धमकी दी है कि इसकी आवाज अगर फिर कभी सुनाई दी तो ये बाजा सीधा चूल्हे के अंदर झोंक दिया जायेगा। इस बारे में बाबा से सलाह मसवरा करना पड़ेगा। वही कोई रास्ता दिखाएंगे। बाकि है होमवर्क ख़त्म करना। वो अभी से खत्म कर के रख दूँ तो दीदी के सामने बैठ कर करने की जरुरत नहीं पड़ेगी। वरना हर गलती पर डांटने या बाल खींचने का तो उसे मौका चाहिए। किसी तरह आंखे खोलकर उसकी कोशिश कर ही रही थी कि नीचे से आवाज आई।

'घर में जो भी हो सब बाहर आ जाओ'

बड़े पापा की दमदार आवाज दूसरी मंजिल तक पहुंच गई। नींद से बंद होती आंखे अपने आप खुल गई और मैं किताब कॉपी बंद कर सीधा नीचे भागी। जरूर कोई मजेदार बात होगी। बड़े पापा की आवाज से मै समझ जाती हूँ माजरा क्या है।

जब तक मै नीचे आई, बाकि लोग भी बाहर की तरफ जा रहें थे। मेरे लिए सब से पहले बड़े पापा तक पहुंचना जरुरी था। बाकिओ को धक्कम धुक्की देके मै बाहर के दरवाजे पहुँच गई। देखा बड़े पापा कमर पर हाथ धरे बाहर के बरामदे में खड़े सड़क की तरफ कुछ निहार रहें है और मंद मंद मुस्कुरा रहे है। यूँ कहे तो, होंटो पर विजय प्राप्ति की मुस्कराहट, तनी हुई छाती देखकर लग रहा था अभी अभी बॉर्डर से जंग जीत कर आएं है।

'देखो क्या लाया हूँ तुम लोगो के लिए'

अनुभवी बड़ी माँ के आतंकित चेहरे को नजर अंदाज़ करते हुए बोले

'अब क्या लाए हो?'

बड़ी माँ की कांपती हुई आवाज सुनाई दी। काफी तजुर्बेकार जो थी। बड़े पापा की नजर रास्ते में खड़ी एक अम्बैसेडर गाड़ी की तरफ थी। इसका मतलब बड़े पापा ने गाड़ी खरीदी है? मेरी आंखे फटी की फटी रह गई। मै ख़ुशी के मारे बड़े पापा की बांहें पकड़ कर लटक गई। लेकिन ये ख़ुशी ज्यादा देर टिकनेवाली नहीं थी। क्योंकि थोड़ी देर गाड़ी को निहारने के बाद बड़ी माँ का विलाप शुरू हो गया।

'हे भगवान! इस आदमी को अक्ल कब आएगी रे! इस टीन के डब्बे को गाड़ी कहते हैं? अरे कुछ तो सोच लिया होता। कुछ ही दिन में बेटी को ब्याहना है और ये शहंशाह-ए-हिन्द गाड़ी खरीद कर लाएं है। मेरे फूटे भाग्य। अरे जग्गू (मेरे बाबा, जो फ़िलहाल वहां मौजूद नहीं है), देख तेरे भैया की करामात!'

कुछ सोच कर बड़ी माँ ने विलाप रोक दिया। फिर बड़े पापा की तरफ संदेह से भरी निगाहो से देखती हुई बोली

'कहीं ये फटीचर गाड़ी बेटी को दहेज़ में तो देने के लिए सोच रहे हो?'

बड़े पापा इत्मीनान के साथ मुस्कुराते हुए दाहिने बाएं सिर हिलाए, यानि नहीं।

'फिर क्या माजरा है?' राहत की साँस लेती हुई अगला प्रश्न बड़ी माँ की और से।

'सोचा, शादी के दिन हल्दी का सामान लेकर हमारे घराती जब अनु की ससुराल को जायेंगे तो इस गाड़ी में जायेंगे। अपनी शान बढ़ेगी। है ना शीनू?'

मैं जब तक बड़े पापा की बात से सहमति जताती, तब तक बड़ी माँ एक अलग ही मुद्दे पर विलाप शुरू कर दी।

'अरे जग्गू,(जो वहां अभी भी मौजूद नहीं है) तू ही समझा रे अपने भैया को, दूल्हे का पता नहीं लेकिन हल्दी ले जाने की गाड़ी सजधज के द्वार पर खड़ी है। पता नहीं ४० साल कैसे गुजार दी इस आदमी के साथ। ये तुम्ही लोगों के ही भैया है ना? बता छोटे बता?'

इतनी देर बाद छोटे चाचू की मौजूदगी का एहसास बड़ी माँ को हुआ।

इस प्रश्न से छोटे चाचू घबरा कर इधर उधर देखने लगे। क्या जवाब दे? छोटे चाचू को अच्छी तरह पता है कि इस मुद्दे पर पक्षपात दिखाना घातक सिद्ध हो सकता है। दोनों में से किसी एक का तो कोप झेलना पड़ेगा। अतः चुप्पी साध लेना ही उनके लिए सही रहेगा। जैसे और समय करते आये है। मुँह से कुछ हूँ-हाँ-नहीं प्रकार की मिलीजुली आवाज जैसी कुछ निकली और वो आसमान पर उड़ती चील गिनने में ब्यस्त हो गए। काफी कठिन काम था गिनना।

बड़े पापा इन सब हलचल को आदत के मुताबिक कोई ख़ास तबज्जु नहीं दिए और मेरा हाथ पकड़ कर गाड़ी की तरफ बड़ गए। वैसे बड़ी माँ का गुस्सा कुछ हद तक जायज है। गाड़ी को अच्छी तरह निरिक्षण के बाद मेरी भी राय कुछ बड़ी माँ से मिलने जुलने लगी। हरे रंग की अम्बैसेडर, दिखने में जितनी पुरानी कल्पना की जा सकती है उससे कहीं ज्यादा पुरानी है। रंग का आभास मात्र

मिलता है, यानि ये कभी हरे रंग की गाड़ी थी। ऊपर से दरवाजे नारियल के रस्सी से बंधे हुए थे। पीछे की डिक्की को तो लग रहा है कोई राक्षस चुइंगम समझ के चबाया है।

इतने में बड़ी माँ अंतिम प्रश्न को फेंकती है।

'कितने में खरीदें है आप इस डब्बे को?' शायद अगले विलाप की तैयारी के लिए बड़ी माँ को मसाला चाहिए था।

'पुरे दस हज़ार में'

'हे भगवान!

इतना सा ही कहकर बड़ी माँ युद्धभूमि से पीठ फेर ली और अपने सैनिक दल यानि माँ और छोटी माँ को ले कर अंदर चली गई।

मुझे पूरा विश्वास है बड़े पापा, बड़ी माँ को परेशान करने के लिए ये सब कांड करते है।

ये सब नजर अंदाज कर बड़े पापा गाड़ी के ड्राइवर साइड का दरवाजा खोल मुझे बैठने की इशारा करते हैं। मुझे इस कार पर ख़ास भरोसा तो नहीं हो रहा था, फिर भी बड़े पापा के कहने पर मै बैठने के तुरंत बाद गाड़ी से छलांग मार कर उतर गई।

'बड़े पापा, कुछ गड़ रहा है'

'अरे कुछ नहीं, सीट थोड़ा फट गया है ना, स्प्रिंग बाहर निकल आया है, वही गड़ रहा होगा। ये सब तो मरम्मत हो जाएगी, एक बार पूरी तरह से तैयार हो जाने दो, फिर देखना एकदम नई कार लगेगी'

बड़े पापा हाथ से सीट को चेक करके मुस्कुराते हुए बोले।

एक यही बात बड़े पापा की अच्छी है की कोई समस्या उनके लिए समस्या नहीं होती।

मैंने गाड़ी का अच्छी तरह से मुयायना किया। कई खामियां है जैसे हेड लाइट को बोनेट पर थप्पड़ मार कर जलाया बुझाया जा सकता है। दरवाजे के शीशे को ऊपर नीचे करने के लिए हैंडल अपनी जगह से गायब है, हॉर्न की आवाज पंचास हाथियों के चिंघाड़ने के बराबर है। सबसे बड़ी बात इंजन स्टार्ट करने के लिए चाबी घुमाने से वो कई कई बार विरोध प्रदर्शन के पश्चात चालू होता है। लेकिन बाकि सब ठीक ठाक है। इंजन चालू होने के बाद गाड़ी के अंदर बैठे रहना थोड़ा मुश्किल का काम है। इतनी कंपकंपी होती है गाड़ी में की जैसे उसे मलेरिआ हुआ हो। बाकि सब ठीक ठाक है।

'बड़े पापा, गाड़ी तो एकदम जबरदस्त है'

उनका हौसला बुलंद रखने के लिए ये सर्टिफिकेट देना मेरे लिए जरुरी है।

'है ना? है ना?'

बड़े पापा के होंटो पर फिर से विजय प्राप्ति की मुस्कराहट मेरे लिए बेशकीमती जो है।

तूफान ख़त्म हो चूका था। बड़ी माँ भी शांत हो चुकी थी। मैंने भी अपना होमवर्क ख़त्म किया और एक वेताल की कॉमिक बुक निकालकर ड्राइंगरूम के एक कोने में दुबककर पढ़ने लगी। घर में सब मौजूद थे और दीदी की शादी के बारे में बातचीत चल रही थी। घर का नियम है, जब भी कभी कोई मुद्दे पर निर्णय लेने की परिस्थिति होती है तब सब एक कमरे में इकट्ठा होते है और मुद्दे पर चर्चा होती है। छोटे - बड़े सभी को इसमें शामिल होना अनिवार्य है। मुझे भी ये अधिकार प्राप्त है अपनी राय जाहिर करने का। हालाँकि मुझे इन सब बातों से कोई लेना देना नहीं है। बस, एक बात पर ख़ुशी हो रही थी की दीदी के शादी के बाद शायद उनका कमरा मुझे मिल जाये।

वैसे अभी तक लड़का तय नहीं हुआ है। होता भी कैसे? दीदी को लड़का पसंद आये तब ना? नकचढ़ी जो है। उसे तो राजेश खन्ना जैसा लड़का चाहिए। राजेश खन्ना खुद तो ये नखरेवाली से शादी करने से रहे। अब जो है उसी में से दीदी को मजबूरन चुनना पड़ेगा। कल शायद कोई आ रहें हैं दीदी को देखने। बड़ी अजीब सी लगती है मुझे ये परम्परा, देखना क्या है? कोई सब्जी या स्कूटर खरीदने थोड़े ही आ रहें है? खैर मुझे इससे क्या मतलब।

रात को खाना खाने के बाद मैं रोज की तरह कुछ देर तक बड़े पापा के कमरे में रहती हूँ, जब तक नींद नहीं आती। बड़े से पलंग में, मैं, बड़े पापा और बड़ी माँ के बीच में लेट कर बड़े पापा के बालो पर हाथ फेर रही थी और बड़े पापा मुझे उनके दादी की कहानी सुना रहे थे।

'तो जालिम सिंह ने राजाजी को बिना बताये ही पालीवाल वासिओ के ऊपर टैक्स की रकम बढ़ा दी और धमकियाँ देने लगा की.......'

'धड़ाम...धड़ाम...धड़ाम'

मैं, बड़े पापा और बड़ी माँ चौंक कर बिस्तर पर झट से बैठ गए।

'ये क्या हो रहा है? चीन ने फिर से हमला कर दिया क्या? बम फेक रहा है!'

बड़ी माँ की आवाज एकदम से फुसफुसाहट में बदल गई जो कभी मैने सुनी ही नहीं थी। आंखे गोल गोल हो गई थी, मुझे खिंच कर अपने सीने में दबोच ली। मुझे लगा की वो पलंग के नीचे घुसने की भी सोच रही है। सुना था जब चीन के साथ लड़ाई हुई थी तब सिखाया गया था की बम गिरने की संभावना होने पर टेबल या पलंग के नीचे दुबक के बैठ जाना चाहिए।

'पागल हो गई हो क्या? बम की आवाज मुझे पता है' बड़े पापा बड़ी माँ की नादानी को नज़र अंदाज करते हुए बोल पढे।

उन्होंने पार्क के तरफ खुलनेवाली खिड़की खोल कर नीचे झांक के देखा और मुस्कुराते हुए पलंग पर वापस आकर बैठ गए।

'क्या हुआ?' बड़ी माँ फिर से फुसफुसाती आवाज में पूँछी।

'अरे कुछ नहीं, वो राघव मैकेनिक गाड़ी रिपेयर करने आया है, दिन में तो अपनी दुकान में काम करता है इसलिए......'

बस बड़े पापा को इतना ही बोलना था की बड़ी माँ की आवाज सातवें आसमान तक पहुँच गई।

'हे भगवान! अब यही देखना बाकि रह गया था? माँ, बाबूजी, आप लोग कहाँ है? (वो अब इस दुनिया में नहीं है!) किस आदमी के पल्ले बांध दिया था मुझे?, आपलोग ही बताओ अब इस पागलों के घर में कौन लड़कावाला अपना रिस्ता जोड़ेगा?'

और पता नहीं क्या क्या बोलती गई बड़ी माँ। मैं हक्की बक्की सी बैठी रही। अब तक छोटे चाचू, दीदी, माँ सब नीचे का दरवाजा खोल कर बाहर आ चुके थे। मैं भी दौड़कर बाहर आ गई। चारो तरफ नज़र दौड़ाई तो देखा मोहल्ले के सारे घर के खिड़कियां खुल चुकी थी और कई सारे सिर उसमे से झांकते हुए से दिख रहें थे।

बगल के मकान के शर्मा अंकल राघव मैकेनिक पर बरस रहे थे।

'क्यों बे उल्लू के पढ़े!, तुझे यही समय मिला था काम शुरू करने का? दिन में क्या तेरे हाथ पर लकवा मार जाता है?'

वैसे पुरानी दिल्ली में इस तरह के गाली गलौज आम बात है। कोई बुरा नहीं मानता है। बिरादरी के लोग तो अपने बेटे को अक्सर 'उल्लू के पढ़े' या 'गधे के औलाद' के ख़िताब से भूषित कर दिया करते है।

'मैं क्या करूँ? टाइम कहाँ मिलता है मुझे? अब ये दादा जी ने बोले थे की जल्दी काम ख़त्म करना है'

राघव बड़ी सफाई के साथ हवा का रुख बड़े पापा के तरफ बढ़ा दिया।

लेकिन बड़े पापा कुछ कहते, उससे पहले ही बड़ी माँ मैदान में कूद पड़ी।

'नालायक कहीं का, तुझे अक्कल नहीं है क्या? इतनी रात को तू शोर मचाएगा? क्यों इस खटारे को अपने दुकान में ले के मरम्मत नहीं कर सकता था?'

बड़ी माँ को मैदान में देख, सारे पड़ोसीयो की खिड़की एक के बाद एक बंद होती दिखी।

बड़े पापा कुछ कहना चाह रहे थे लेकिन ;

'आप तो चुप ही रहिये' वाली धमकी सुन कर चुप्पी साध ली।

वैसे बड़ी माँ समझती है कि जो मुँह में आए वो बड़े पापा को बोल देना उनका हक है, लेकिन मजाल है कोई बाहर वाला एक शब्द उनके पतिदेव के खिलाफ बोले? यही वजह है पड़ोसियो को मौका मिलने के वाबजूद निराशा के साथ मैदान छोड़ कर जाना पड़ा।

बड़े पापा का कहना है कि गाड़ी का काम उनकी आँखों के सामने हो वरना राघव ठीक से काम नहीं करेगा। कामचोर जो है। काफी वाद-विवाद के बाद ये तय हुआ की ठोकाई-पिटाई का काम राघव अपने वर्कशॉप में करेगा और बाकि काम यहाँ होगा।

३. एक खूबसूरत अहसास

आजकल पता नहीं क्या चल रहा है। सब कह रहे है इमरजेंसी लागु हुई है। ये किस चिड़िया का नाम है? कुछ लोग कह रहे है सब कुछ ठीक हो जायेगा। लेकिन कुछ लोग ये भी कह रहे है कि सरकार की मनमानी अब शुरू होगी। अब बड़े लोगों की बात तो बड़े लोग ही जाने।

माँ और सोना दादा दोनों यूनिवर्सिटी के यूनियन में है। माँ टीचर्स यूनियन की जनरल सेक्रेटरी हैं तो दादा स्टूडेंट्स यूनियन के सेक्रेटरी। बाबा मजाक से कहते हैं कि हवेली कम और सेक्रेटेरियट बिल्डिंग ज्यादा लगती है। माँ क्लास लेने के बाद कुछ देर यूनियन के ऑफिस में बिताकर ही घर आती हैं। सोना दादा का कोई आने का समय तय नहीं है, कभी कभी तो वो रात को २-३ बजे तक घर आते हैं। आजकल तो कुछ ज्यादा ही देर हो रही है, कल ही तो माँ, बड़े पापा से कह रहीं थी कि स्टूडेंट्स भी सरकार के खिलाफ आवाज उठाएंगे। बड़े पापा सब सुनने के बाद यही बोले थे

'कल्पना, थोड़ी सावधानी से रहना और सोना से भी कहना की पढ़ाई में ध्यान दे। वो कुछ ज्यादा ही समय बिता रहा है यूनियन के काम में। मेरी तो सुनता नहीं है, तुम कहो तो शायद सुने।'

'जी, बड़े भैया, बता दूंगी, वैसे पढ़ाई तो वो ठीकठाक ही कर रहा है।'

मुझे कभी कभी लगता है, माँ थोड़ी ज्यादा ही तरफदारी करती हैं दादा की।

'मैं ये नहीं कहता की वो पढ़ाई में ध्यान नहीं देता है। लेकिन तुम्हे नहीं लगता की वो कुछ ज्यादा ही समय दे रहा है कॉलेज पॉलिटिक्स में?'

'ठीक है भैया, मैं बोल दूंगी उसे' माँ इतना कहकर चली जाती है वहां से।

बड़े पापा आजकल ज्यादा चिंतित रहते है सोना दादा को लेकर। सोना दादा के साथ इस बात को लेकर कई बार बड़े पापा के साथ बहस हो चुकी है। इसीलिए दादा बड़े पापा के सामने कम ही आते है। जितना हो सके दूर दूर ही रहते है। मुझे ये बात बिलकुल पसंद नहीं। वैसे सोना दादा बहुत अच्छे है। मेरे साथ उनकी बहुत बनती है लेकिन जब बड़े पापा के साथ बहस करते है तो वो बिलकुल अच्छे नहीं लगते हैं।

वैसे मुझे क्या लेना देना इससे। बड़े लोगों की बात, बड़े लोग समझे। आज स्कूल में तबियत थोड़ी बिगड़ रही थी। सुबह से ही कुछ ठीक नहीं लग रहा था। खेलने में भी मजा नहीं आ रहा था। एक थकावट सी महसूस हो रही थी। ग्राउंड में एक काफी बड़ा आम का पेड़ है। बस, गर्मी के मौसम में फूल तो आ जाते है, आम कभी नहीं होता, जैसे अभी फूल लगे हुए हैं लेकिन जल्द झर भी जाएंगे। पेड़ को घेर के एक गोल चबूतरा बना हुआ है। गर्मी के मौसम में यहाँ बैठने का अलग ही मजा आता है।। काफी बढ़ा चबूतरा है। चाहे तो पूरी क्लास इसमें बैठ सकती है। वैसे स्कूल में पावर कट हो जाने पर क्लास कभी कभी इसी पेड़ के नीचे हुआ करती है। मैं भी वहीं जा कर बैठ गई। पेट में एक हल्का सा दर्द महसूस हो रहा है। लेकिन आम के फूलों की खुशबु और ठंडी छाओं में अपने आप आँख बंद हो आई।

अभी गेम्स पीरियड है। गेम्स टीचर से बता कर के ही आई थी, थोड़ी आंख बंद कर के लेटे रहने से कोई कुछ नहीं बोलेगा। खुद ही अजीब सा लग रहा है। गेम्स पीरियड में मैं सो रही हूँ, ऐसा

तो कभी नहीं हुआ है! कोई बड़ी बीमारी तो नहीं हो रही है? 'मिली' मूवी में जया भादुड़ी को जैसे हुआ था? अभी कुछ दिन पहले ही माँ दीदी के साथ देखी है ये मूवी। क्या पता कितने दिन जिन्दा रहूंगी। दीदी की शादी देख कर ही मरूंगी फिर। वैसे उसमे जया भादुड़ी को पेट में दर्द हुआ था कि नहीं दिखाया नहीं था। जरूर हो रहा था, बताया नहीं, हीरोइन है ना!

कान में किसी चीज के घुसने का महसूस हुआ। चींटी होगी शायद, आंख बंद करके ही एक चपेट जड़ दिया।

'अरे मार क्यों रही है बे?'

ये तो मनीष की आवाज है! चपेट उसके गाल पर लगी थी।

मनीष मेरे कान में कागज की बत्ती बनाकर डाल रहा था। अब और कोई होता तो दो चार हाथ जड़ देती लेकिन इसे ऐसा नहीं कर पाऊँगी। अच्छा दोस्त है मेरा। लेकिन जरुरत से ज्यादा मुंहफट है। इसीलिए कभी कभार लड़ाई भी हो जाती है उससे। हमारी हवेली से चार मकान छोड़ इसका घर है। किराये के घर में रहता है। काफी दिन से है उन् लोगों का परिवार। मनीष के मम्मी-पापा दोनों ही साइंटिस्ट है। मनीष क्लास में फर्स्ट भी आता है। हालाँकि मैं भी फर्स्ट आती हूँ, कभी मनीष कभी मै।

'क्या कर रहा है? डिस्टर्ब मत कर ना' मै थोड़ी झल्ला के बोली। अब ज्यादा कुछ बोल भी नहीं सकती, पता नहीं रहूं या ना रहूं।

'क्या हुआ है तुझे? यहाँ लेटी क्यों है?' मनीष थोड़ा चिंतित हो कर बोला।

'कुछ नहीं रे, थोड़ी थकान सी महसूस हो रही है, तू जा' मै बोली

'तु और थकान?, जरूर कुछ हुआ है तुझे, तू यहीं रुक, मै टीचर से बात कर के आता हूँ'

मैं उसे रोक नहीं पाई। दर्द बढ़ता ही जा रहा था। मैं बेसुध सी बेंच पर लेटी रही। दूर से छोटे बच्चों की खेलने की आवाज आ रही थी कानो मे

पोषम पा भई पोषम पा,

डाकुओं ने क्या किया

सौ रूपए की घडी चुराई,

अब तो जेल में जाना पडेगा,

जेल की रोटी खानी पड़ेगी,

जेल का पानी पीना पड़ेगा,

मै भी जब छोटी थी, मतलब काफी छोटी थी तब खेला करती थी।

अगर मुझे कुछ हो गया तो मनीष खूब रोयेगा? मन कह रहा था की वो खूब रोयेगा। सोच कर अच्छा लग रहा था।

'अरे भूतनी! सो गई क्या? उठ उठ बड़ी मैडम बुला रहीं है अपने रूम में'

भूतनी? अभी तो अच्छी अच्छी बातें सोच रही थी इसके बारे में। ये लड़का लोग कभी नहीं सुधरेगा।

मैं गुस्से में कुछ उसे बोलना तो चाह रही थी लेकिन फिर माफ़ कर दिया उसे। उसके तरफ देखे बिना ही मैं उठकर मैडम के कमरे की तरफ चल पड़ी। उस की शक्ल से नफरत है मुझे। स्कूल के कॉरिडोर में पहुंची ही थी कि क्लास टीचर दीपा मैडम ने पीछे से आवाज लगाई

'सुदक्षिणा, रुको एक मिनट, मनीष तुम अपनी क्लास में जाओ'

देखा मनीष भी मेरी तरफ देखे बिना पलटकर क्लास के तरफ चला गया। मैं मैडम के तरफ मुड़ी।

'जी मैम?'

मेरे एकदम करीब आकर मैडम करीब करीब मेरे कान में फुसफुसाकर बोली

अपना दुपट्टा कमर में बांध लो।'

मैं हक्की बक्की उन्हें देखती ही थी कि मैडम खुद ही मेरे दुपट्टे को कंधे से उतारकर मेरे कमर में लपेट दि। जैसे स्कर्ट पहनी हूँ।

'वैसे कहाँ जा रही हो?'

'बड़ी मैडम के पास जा रही हूँ'

'चलो मै भी चलती हूँ तुम्हारे साथ, कोई तकलीफ तो नहीं हो रही है तुम्हे?'

मैं धीरे से सिर हिलाई। मुझे समझ में नहीं आ रहा था कि क्या हो रहा है मेरे साथ।

बड़ी मैडम के कमरे के बाहर चपरासी भैया ने मुझे देखते ही दरवाजा खोल कर अंदर जाने की इशारा किया। अजीब बात है और समय तो हमें भगाते रहते है। मेरे पीछे दीपा मैडम भी अंदर आई और सीधे मैडम के पास जा कर कुछ बोली। बड़ी मैडम मेरे तरफ देख कर मुस्कुराई और नजदीक आने की इशारा की।

वैसे भी बड़ी मैडम के साथ माँ की अच्छी जान पहचान है। एक ही कॉलेज में पढ़ती थी। मैडम सबसे बड़े ही प्यार से बात करती हैं। मुझे नजदीक बुलाकर बोली

'सुदक्षिणा, मेरी बच्ची, एकदम डरना नहीं। सब ठीक है।'

बढ़े प्यार से सिर पर हाथ फेरती हुई पता नहीं क्या क्या बोलीं। फिर दीपा मैडम की तरफ मूड़ के बोली,

'आपके पास है ना? आप इसे तैयार कर ऑटो से घर भेज दीजिये, मैं इसके घर पर फ़ोन कर देती हूँ। सुदक्षिणा, तुम दीपा मैडम के साथ जाओ, वो सब कुछ समझा देंगी।'

अबतक मैं एक कठपुतली की तरह हो चुकी थी, समझ में आये या ना आये, हर बात पर सिर हिला कर हामी भर रही थी। पेट का दर्द तो भूल ही चुकी थी। मन कर रहा था माँ से लिपट कर खूब खूब रोऊँ। दीपा मैडम क्या कह रही थी क्या करने को कह रही थी सब कुछ मिलाकर एक अजीब सी अनुभूति और कशमकश दिमाग में चल रही थी। घर पहुंची तो देखा बड़ी माँ, छोटी माँ और माँ दरवाजे पर खड़ी मेरा इंतजार कर रही थी।

माँ अपने कमरे में ले जाकर फिर से सब बाते समझाने लगी। मैं समझ तो गई थी बस खुद पर बिश्वास नहीं कर पा रही थी। कपड़े बदल के मैं अपने बरसातीवाले कमरे में चली गई। देखा जीनु दादू खिड़की पर बैठ कर मुस्कुरा रहा था।

'क्या है?' मैं झल्लाकर बोली

'तुम अब बड़ी हो गई हो, है ना?'

'हाँ, तो?'

'कुछ नहीं, बस यही की तुम्हारे साथ मिलना धीरे धीरे बंद हो जायेगा'

दुखी हो कर वो बोले

'क्यों?'

'वही ना! मैं बड़ो के साथ बाते नहीं कर सकता हूँ'

'धत, ऐसा क्यों?'

'हमारे बिरादरी में ऐसा ही नियम जो है, जबतक तुम्हारा बचपन है, मैं हूँ'

'ठीक है, अभी तो हो न मेरे साथ? जब जाने का होगा तब देखा जायेगा, ओके?' मैं सांत्वना देती हुई बोली

'एक बात बताओ शीनू! तुम इतना मनीष के बारे में क्यों सोचती हो?'

'नहीं तो, कहाँ सोचती हूँ?'

'मेरे से कुछ नहीं छुपता। तुम मेरे से बात कर रही थी लेकिन सोच ये रही थी कि मनीष ने तुम्हारी तरफ मूड़ के क्यों नहीं देखा?'

'जीनु दादू, आप बकवास बंद करो और मुझे थोड़ा आराम करने दो'

'ठीक है करो, मगर अभी तो तुम्हारी माँ ऊपर आ रहीं है, मेरे जाने का समय हो गया है'

जीनु दादू कहकर गायब हो जाते है।

'शीनू बेटा'

माँ कमरे के अंदर आ गई। माँ वैसे कभी कभार ही बरसाती में आती है, जरुरत नहीं होती है उनको। वैसे भी इस कमरे में कबाड़ी के सिवा होता ही क्या है?

'ऐसा करते है, कल इस बात पर तुम्हारी फ्रेंड्स के लिए पार्टी रखते है। वैसे रखना तो आज ही चाहिए था। लेकिन आज तुम्हारी दीदी को लड़केवाले देखने आ रहें है। नो प्रॉब्लम, कल ही करते हैं फिर, क्यों? पता है मेरी माँ ने भी पहली दिन ऐसे ही पार्टी दी थी, तो ट्रेडिशन तो रखना पड़ेगा ना? हालाँकि सारे लड़कियां ही आएगी। लड़को को नहीं बुलाते है, ओनली गर्ल्स पार्टी'

'अब पार्टी किस बात की?' हैरान होकर मैने पूछा,

'तबियत ख़राब होने से कोई पार्टी देता है क्या?'

माँ मुस्कुराकर मेरे बगल में बैठ गयीं और मुझे गले लगाती हुई बोली

'किसने कहा की तुम्हारी तबियत ख़राब है! ये प्रकृति के रूप में ईश्वर का एक नियम है, इसे हमें स्वागत करना चाहिए।

सोचो, ईश्वर ने हमें ही क्यों चुना है इसके काबिल? लड़को को ये काबिलियत क्यों नहीं दीं, पता है?'

'क्यों माँ?'

'क्यों की हम लड़कियां ईश्वर के सबसे करीब हैं। हम सृष्टि करने में उनकी मदद करते हैं। स्नेह, सहन और समझ की ताकत को ईश्वर ने हमारे अंदर कूट कूट के भर दिया है। हमें पृथ्वी पर भेजने से पहले उन्होने कह दिया है कि, जाओ. तुम्हारे अंदर मैने अपनी सारी शक्ति दे दी है, तुमलोग मेरी बनाई इस पृथिवी को और निखारो, इसकी रक्षा करो, इसकी सुंदरता को कायम रखने में मेरी मदद करो'

माँ कितनी अच्छी तरह समझाती है। अबतक किसी ने भी इस तरह नहीं समझाया था मुझे। सब यही समझा रहे थे ये मत करो, वो मत करो। यही वजह थी कि मैं अपने को लड़की होने के लिए कोस रही थी। अब मुझे लड़की होने में गर्व महसूस हो रहा है।

'ठीक है माँ, फिर पार्टी करते है!'

मैं उछल कर खड़ी हो गई और माँ को पार्टी में क्या क्या होगा इसके बारे में बताने लगी। मुझे तो पार्टी प्लान करने में बड़ा मजा आता है। माँ मंद मंद मेरी तरफ देख मुस्कुराती रही थी। कितनी अच्छी लगती है माँ, जब वो मुस्कुराती है। कुछ देर पहले लग रहा था कि माँ से लिपट कर खूब रोउं। लेकिन माँ के समझाने के बाद ये प्रोग्राम फ़िलहाल मैने किसी और दिन, किसी और वजह के लिए ताख पर रख दिया।

नीचे बड़े पापा को पार्टी की खबर देने की लिए जा ही रही थी कि रास्ते में दीदी का कमरा पड़ा। अब मेरे लिए बिना झांके चले जाना गुनाह है। दीदी तैयार हो रही थी। साड़ी पहन चुकी थी अब ड्रेसिंग टेबल के पास बैठ पता नहीं क्या क्या मुँह में लगाए जा रही थी। मुझे मेकअप देखना अच्छा लगता है तो नीचे जाने

का प्रोग्राम टाल दी और एक स्टूल खिंच कर दीदी के नजदीक बैठ गई। दीदी एक छोटी सी मुस्कराहट दे, और फिर ड्रेसिंग टेबल के तरफ मुड़ कर अपने लीपापोती में व्यस्त हो गई।

काफी देर बाद दीदी की सजावट खत्म हुई। देखने में और भी अच्छी तो लग रही है।

'कैसी लग रही हूँ?'

दीदी ने गलती से पूछ डाला।

स्टूल से उछल कर दरवाजे की तरफ भागी और बोली

'एकदम सांताबाई लग रही हो'

'ठहर जा भाग कहाँ रही है'

दीदी जब तक साड़ी वगैरा सम्हालकर अपनी जगह से उठी मुझे पकड़ने के लिए मैं तब तक सीधा नीचे बड़े पापा के पास पहुँच चुकी थी।

४. कुछ खट्टी कुछ मीठी

सीढ़ी से उतरते समय एक एक पादान छोड़ छलांग लगाकर उतरने में बढ़ा मजा आता है। लेकिन आज की बात तो कुछ और ही है। आंखिरकार दीदी को लड़का पसंद आया है और लड़केवाले को भी दीदी पसंद आई है। बस, फिर क्या?, घर में जैसे खुशियों का सैलाब सा आ गया। बाबा को खबर भेज दी गई है। किसी भी दिन पहुंचनेवाले है। वैसे देखा जाए तो छोटे चाचू की शादी के बाद और कोई शादी इस घर पर हुई ही नहीं है। चाचू के शादी के समय मैं बहुत छोटी थी। कुछ याद नहीं है मुझे। अभी तो जुलाई का महीना है, शादी का महीना और तारीख अगस्त की है। दिल्ली में उस समय गर्मी तो रहेगी लेकिन अगर बारिश हो जाये तो मौसम सुहाना रहेगा। ऐसा बड़े लोग कह रहे थे।

रोज शाम को घर में मीटिंग चल रही है लेकिन सब आधी अधूरी। बाबा जब तक नहीं आएंगे तबतक कुछ भी फाइनल नहीं होगा। बड़े पापा और बड़ी माँ के लिए जग्गू का होना जरुरी है।

दीदी के होनेवाले पति यानि मेरे होनेवाले जीजाजी तिमारपुर में रहते है। सुना है काफी सारी डिग्री हासिल कर रखे है। शादी के बाद दीदी को लेकर अमेरिका चले जायेंगे। वैसे दीदी से तो मेरी जबरदस्त दुश्मनी है लेकिन ये विदेश चले जाने की खबर से मेरा दिल थोड़ा बैठ सा गया। ये क्या बात हुई?

मैं धीमें कदमों से दीदी के कमरे के पास गई और दरवाजे से झांकी। देखा दीदी चुप चाप बैठी हुई है खाट पे, गोदी में एक किताब खुली पड़ी है लेकिन नजर छत की तरफ थी। शायद मेरे चलने की आवाज उसे मिल गई थी। दरवाजे में मेरा सिर उन्हे दिख ही गया।

'इधर आ मेरे पास 'दीदी हाथ से इशारा कर मुझे पास आने को बोली।

आवाज में वो दम नहीं दिखा मुझे। फिर भी पता नहीं नजदीक गई तो फिर क्या कर बैठेगी, कोई भरोसा नहीं। मै झिझक रही थी।

'सुना नहीं? इधर आ मेरे पास'

अब कुछ नहीं हो सकता है। नजदीक जाना ही पड़ेगा वरना चिल्ला के माँ को बुला लेगी फिर झुठमुठ की कोई शिकायत कर देगी। लेकिन ये क्या? दीदी तो मुझे गले से लगा ली, ऊपर से उसकी गीली आंख मेरे गाल को भिगो दी। मुझे भी पता नहीं क्यों रोना आ रहा था।

'सुन, तू मेरे चले जाने से रोएगी?' अपनी आंख, फिर मेरी आंख पोछती हुई बोली। पता नहीं अनजाने में मेरी आंख से भी आंसू टपक रहे थे।

'नहीं तो, क्यों रोउंगी? अच्छा है ना, ये कमरा मुझे मिल जायेगा' मैं हंसने की कोशिश करते हुए बोली

'ठहर जा बदमाश, मैं कमरे में ताला लगाके जाउंगी। फिर जब भी आउंगी यहाँ ठहरूंगी। अब बता?'

फिर से मुझे नजदीक खींच ली।

'छी-छी कितनी बॉस आ रही है तेरे बालों से। आखरी बार कब बालो को धोया था रे?'

दीदी अपनी नाक सिकुड़ती बोली। आ गई ना अपनी औकात पर।

मुझे पहले ही समझ जाना चाहिए था क्या होने वाला है, लेकिन देर हो चुकी थी। मैं तबतक दीदी के चंगुल में फंस चुकी थी। अब गर्मी के मौसम की कड़ी धुप में क्रिकेट खेलने से थोड़ी बहुत बाल से बदबू तो आएगी ही ना? इसका ये मतलब थोड़े ही है कि

रोज रोज साबुन और शैम्पू करूँ? ये कौन समझाए इसे। अब क्या मेरे साथ होनेवाला है ये तो मैं ही जानती हूँ। साबुन से घीस घीस के मेरी चमड़ी लाल कर देगी। किस मनहूस घड़ी में मैं इसके कमरे में आई थी। दीदी तबतक एक हाथ से अलमारी खोल अपनी महँगी शैम्पू और साबुन निकाल चुकी थी, और एक हाथ से मुझे पकड़ भी रखी थी। उसे पता है एक बार छूट गई तो हाथ नहीं आउंगी।

आज वैसे भी इतवार है। घर के सब लोग आराम से इधर उधर फैले हुए है। कामवाली शान्ता दीदी घर में एक्स्ट्रा काम कर रही है। मतलब मेज़ कुर्सी आदि से धूल की परत हटाने की कोशिश कर रही है। मुश्किल ये है कि जहाँ भी बैठूं, वही आके दीदी डस्टिंग कर रही है। शांति से बैठने भी नहीं देती है।

नीचे मटन पक रहा है। बड़े पापा हर रविवार को जामा मस्जिद के पास, अनवर भाई के दुकान से रियाजी मटन ले आते है। इसका स्वाद ही अलग होता है। बिरयानी तो इतना मस्त बनती है कि क्या कहने। मटन के पकने का खुशबु एकदम बरसाती तक पहुँच रही है।

'अच्छा तो घर पर मटन पक रहा है। लेकिन हमारे वहां जैसे पकते थे वैसा नहीं है'

अलमारी के ऊपर से ही आवाज आई। मै दीदी के पास से नहाने के बाद जैसे ही छुटकारा मिला, बरसाती में आ गई थी। छोटे बिस्तर पर लेटकर एक कहानी की किताब में मन लगाने की कोशिश ही कर रही थी कि जीनु दादू टपक पड़े। वैसे भी किताब में मन नहीं लगा पा रही थी। घूम फिर के शादी के आयोजन में ध्यान चला जा रहा था। किताब साइड में रख दी। चलो कुछ देर इनसे ही गुफ्तगू कर लेते है।

'तुम्हारे वहां मतलब?'

'मैं जहाँ रहता था'

'वो कहाँ?'

'वो अरब है ना? वहां से भी बहुत दूर'

अब अरब कहाँ है मैप में देखा तो है, गई नहीं हूँ कभी। लेकिन इतना भी दूर नहीं मैप के हिसाब से। वैसे जीनु दादू का हिसाब किताब कुछ और ही होता है। ज्यादे सोचने की जरुरत नहीं है।

'जब से जीन बना हूँ तब से नहीं खाया'

उदासी के साथ बोला।

'क्यों? तुम्हारी मर्जी, तुम तो खा ही सकते हो'

'यही तो! नहीं खा सकता ना? अब पेट तो है नहीं मेरा, फिर खा के रखूँगा कहाँ? बोलो?'

अब जीनु दादू हंस के बोला। जीनु दादू का हंसना एक विरल प्रक्रिया है जो मुझे कम ही दिखाई दिया है।

'चलो छोड़ो ये सब बाते, एक बात बताऊँ? आज ना तुम्हारे पिताजी आएंगे'

'तुम्हे कैसे पता?' मैं तक़रीबन उछल पड़ी। जीनु दादू कभी गलत नहीं बोलता है। वैसे मेरे मन में भी ये बात आ रही थी की हो ना हो शायद बाबा आज आएंगे। अब इतनी तसल्ली तो हो गई की वो आज जरूर आएंगे।

नीचे कार रुकने की आवाज आई तो जीनु दादू के छू मंतर होने से पहले मैं नीचे की और भागी। घंटी दो बार बज चुकी थी मैंने और सब के पहुँचने से पहले ही जा के दरवाजा खोल दिया। बाबा कह के चिल्लानेवाली ही थी कि देखा बाबा नहीं मीणा अंकल है।

'नमस्ते अंकल'

'नमस्ते बेटा, आपके बड़े पापा घर पर हैं?'

'जी अंकल, आप बैठिये, मैं बुलाती हूँ।'

बड़े पापा शायद अपने कमरे में ही थे। मैं नीचे से आवाज दी और अंकल के लिए पानी लेने रसोई चली गई।

जबतक मैं नीचे आई तो देखा बड़े पापा बैठक के कमरे में दाखिल हो रहें है।

'अबे, तू ज़िंदा है?' बड़े पापा अपने दोस्तों से ऐसे ही बातें करते है।

'वो तो मैं हूँ, साले तू ज़िंदा है की नहीं देखने आया हूँ 'मीणा अंकल भी कुछ कम नहीं है।

मीणा अंकल बड़े पापा के पुराने दोस्त है, शायद स्कूल में एक साथ थे। अभी दिल्ली पुलिस में काफी ऊँचे पोस्ट में है। इधर कभी काम से आना पड़ता है तो बड़े पापा से जरूर मिल के जाते है। लंच टाइम में आएं है तो लंच भी शायद करके जायेंगे।

बड़ी माँ एक प्लेट में कुछ मिठाई ले के अंदर आई।

'नमस्ते मीणा भाईसाब, लीजिये आपकी लाड़ली शक्कू की शादी तै हो गई है, मिठाई खाइये'

फिर क्या था, मीणा अंकल का गुस्सा देखते ही बनता है।

'क्या? और ये आज मुझे बताया जा रहा है? मुझे नहीं खाना है आप की ये मिठाई। इस उल्लू के पट्ठे को और इनके करीबी दोस्तों को खिलाइयेगा'

'अरे यार, तेरी बीवी को तो पता है, मैंने खुद उसे फ़ोन करके बताया है' बड़े पापा सफाई में बोले।

'अच्छा, तो अब मेरी गैर मौजूदगी में मेरे बीवी से भी तेरा वार्तालाप चल रहा है'

अब ये तो अलग ही मुद्दा उठ खड़ा हुआ। मीणा अंकल बड़ी माँ की तरफ मुड़े।

'देखा देखा आपने? आपके सो-कॉल्ड चरित्रवान पति का कारनामा देखा आपने? हिम्मत देखीये! पुलिस के घर में ही सेंध डाल रहा है आपका पति। भाभीजी लगाम को ढीला मत छोड़िये। हो सके तो दिन में दो तीन बार धुलाई भी कीजिये इस साले की'

बड़ी माँ तबतक हँसते हँसते पास के सोफे पर बैठ चुकी थी।

शुक्र है वहां में और बड़ी माँ थी वरना पुलिस की गाली किसे कहते हैं वो मीणा अंकल दिखा सकते है। एक तरह से कहा जाये तो हमारी वजह से ही बड़े पापा बच गएँ।

'अरे, गुस्सा थूक दे मेरे भाई, सारी बात बताता हूँ'

'आ नजदीक आ तेरे ऊपर ही थूकता हूँ'

बड़े पापा ने फिर भी अंकल का हाथ पकड़ कर कुर्सी में वापस बैठा दिया।

आदत मुताबिक अंकल का गुस्सा एकदम से ठंडा हो गया।

'चल छोड़, लड़का क्या करता है, कहाँ रहता है बता, मैं उसका करैक्टर आदि सब पता करके ले आता हूँ 'मीणा अंकल अपने पुलीसी रौब में वापस आ गए।

'अरे नहीं यार, अपने जान पहचान से ही ये रिस्ता आया है, तू फ़िक्र न कर। घर, लड़का अच्छा है।'

फिर दोनों आपस में शादी लेकर बातें करने लगे। बड़ी माँ अब उठकर रसोई की तरफ जाने लगी। अब इन दोनों के बीच में बैठना बेकार है। बकवास ही करेंगे दोनों। बड़ी माँ मुझे भी इशारा की साथ चलने को।

'भाई साब, मटन बनाया है, खाना यहीं खा के जाइएगा' बड़ी माँ जाते जाते बोली।

'भाभीजी, घर में घुसते ही खुशबु मेरे नाक में घुस गई थी, आप नहीं भी बोलती तो चलता, वैसे थोड़ी जल्दी में हूँ, आप खाना लगाइये'

'खाना रेडी है आपलोग हाथ धोके टेबल पर आ जाइये'

बड़ी माँ हंसती हुई बोली और रसोई के तरफ चली गई इंतजाम करने। मैं तो बाबा आएंगे फिर उनके साथ ही खाउंगी। लेकिन टेबल पर साथ साथ बैठ तो सकती ही हूँ।

इधर उधर की बातें चल रही थी। मैं भी चुपचाप सुन रही थी उनकी बातें।

'सुन अखिल भाई एक बात बतानी थी।' मीट की हड्डी को एक तरफ करते हुए अंकल बोले

'हाँ, बोल ना' बड़े पापा खाते खाते ही बोले।

'कुछ काम से आज इधर दरियागंज थाने में आया था। तो पता चला की यूनिवर्सिटी के स्टूडेंट्स तुर्कमान गेट के पास हंगामे को लेकर प्रोटेस्ट करेंगे प्राइम मिनिस्टर के घर के सामने। मामला गंभीर है। तुझे तो पता ही है कि स्टूडेंट्स शांतिपूर्ण विरोध करेंगे नहीं। वैसे इक्का दुक्का लड़के ही होते है भीड़ को उकसाने वाले। हमें अलर्ट होने के लिए आर्डर दे दिए गएँ है। और कुछ लोगो का नाम भी सीक्रेटली जारी किया गया है पहले ही गिरफ़्तारी के लिए'

'तो?' बड़े पापा का हाथ रुक चूका था।

'यार तू घबरा मत, अर्जुन का या जग्गू की वाइफ कूशु का नाम उसमे नहीं है लेकिन थोड़ी सावधानी बरतने के लिए जरुर बोल देना। हालात कुछ अच्छे नहीं है'

बड़े पापा का खाना मुँह तक पहुँचते पहुँचते बीच में रुक चूका था।

'यार, मेरे साथ अर्जुन की इस विषय को लेकर कई बार बहस हो चूकी है। मैं तो कहता ही रहता हूँ पढ़ाई ख़त्म कर और नौकरी

में लग जा। लेकिन सुनता कहाँ है मेरा। तुझे तो पता ही है पेंशन के पैसे अब कम पड़ते है मेरे लिए। पॉलिटिक्स ने दिमाग ख़राब कर रखा है उसका'

बड़े पापा धीरे से बोले ताकि बात मेरे कान तक न पहुंचे। मै तो सुन चुकी थी लेकिन जताई नहीं।

मुझे पता है कई बार इस बारे में बहस हो चुकी है दोनों में। फिर हफ्तों बातचीत बंद दोनों में।

'अरे, उनलोगो का जो लीडर है ना, वही संतोष झा, साला एक नंबर का हरामी आदमी है। खुद तो पीछे रहता है और स्टूडेंट्स को भड़काता रहता है। किसी दिन हाथ लग गया तो उसकी हड्डी और मेरा हाथ'

अंकल काफी गुस्से में थे। बड़ी माँ को आते देख अंकल चुप हो गए। उन्हे पता है ये सुनने के बाद बड़ी माँ क्या करेंगी। वैसे भी आज लग रहा था की सोना दादा और बड़े पापा के बीच झड़प जरूर होगी। मुझे एकदम पसंद नहीं है ये सब।

मीणा अंकल निकलने ही वाले थे कि फिर से दरवाजे पर घंटी बजी। अब तो जरूर बाबा ही होंगे। मैं उछलकर कुर्सी से उठी और भागी दरवाजा खोलने की लिए।

एकदम ठीक, बाबा ही है।

'अरे मेरा गोलुपोलू, मेरा बच्चा' बाबा को कहने भर की देरी थी कि मैं उछलकर बाबा के गोद में चढ़ गई।। मैं बड़ी तो हो गई हूँ लेकिन बाबा के लिए तो छोटी ही हूँ ना?

'अरे बाप रे! कितनी भारी हो गई है ये एक ही महीने में'

'जग्गू अपने बच्चो को ऐसे नहीं बोलते है, नजर लग जाती है' बड़ी माँ डांटती हुई बोली।

बाकि सब आ गए थे वहां। सिवाय माँ, सोनादादा और दीदी के। माँ गई थी कोई यूनियन के मीटिंग में, दादा पता नहीं कहाँ है और दीदी गई थी शॉपिंग करने। अब हालात ऐसे हो गए की सब कोई बातें करने में लग गए, लेकिन कोई निर्दिष्ट विषयपर नहीं, बस यूँ ही। कौन क्या कह रहें है पता चलना मुश्किल है। लेकिन सब कोई बोले जा रहे हैं। मैं बाबा से लिपट कर सोफे पर बैठी रही। थोड़ी देर बाद मीणा अंकल विदा लिए।

'जग्गू, तू सफर करके आया है, जा के नहा धो ले। तेरे से कुछ बातें करनी है।'

बड़े पापा इतना कहते ही सारे लोग चुप हो गए। सबको उन के बोलने का अंदाज़ कुछ अजीब सा लगा।

'क्या हुआ भैया, क्या बात है?' बाबा उठकर बड़े पापा के पास बैठ गए और उनका हाथ पकड़कर पूछें।

'अनु की शादी लेकर कुछ प्रॉब्लम है क्या?'

जाहिर है, शादी नजदीक ही है। हो न हो उसमे कोई अड़चन आई हो। लेकिन मुझे तो पता है की बात क्या है? वही मीणा अंकल वाली बात होगी।

'अरे ऐसा कुछ नहीं, तू खाना खा के आराम कर ले, फिर बातें करेंगे'

बड़े पापा अपने भाई के पीठ पर हाथ फेरते हुए बोले। बाबा अपना सामान उठाकर जाते जाते अपनी नजर अपने बड़े भाई से नहीं हटाए। उन्हे पता था कि बात कुछ गंभीर है।

५. सपने सच नहीं होते

बाबा तो दो दिन के लिए ही आये थे। कल ही चले गए। अब दो महीने बाद शादी है। बाबा कह गए है कि वो शादी से एक हफ्ते पहले ही आ जायेंगे। बड़े पापा इस बात से थोड़ा नाराज है।

'सिर्फ एक हफ्ते पहले? ये भी कोई बात हुई? मैं अकेला क्या क्या कर लूंगा?' बड़े पापा की घबराहट जायज है। बाबा नहीं होंगे तो इतना काम कौन सम्हालेगा।

'भैया, मैं तो सारा कुछ करके ही अभी जा रहा हूँ। पंडाल, कैटरिंग, लाइट्स, घर में गेस्ट्स के लिए रसोइया सारे मैने आपके सामने ही इंतजाम कर दिए है।'

'फिर भी, तू पास रहेगा तो मुझे हौसला बंधा रहेगा' बड़े पापा ने आखरी कोशिश की।

'भैया, आप भी ना। अब बचा ही क्या है करने को? रह जाती है कच्चे माल की खरीददारी, वो तो मैं आके ही कर दूंगा' बाबा हँसे।

'बाकि सब लोग तो हैं ना? छोटे भी हैं आपके साथ, फिर चिंता किस बात की?'

'छोटे की तो बात ही ना कर। कल ही तो बोला था उससे की घंटेवाले के मालिक से एकबार मिल कर आना और बोलना की मेरे से आ के मिले एकबार। तुम ही पूछो छोटे से, सामने ही तो बैठा है की क्या कर आया है?'

छोटे चाचू कुछ बोले उससे पहले ही बड़े पापा फिर से बोलने लगे।

'जनाब, उनसे ये बोल के आएं थे कि 'दो रसोइयां भेज देना भैया के पास, बात करनी हैं'। ये तो अच्छा हुआ की उसने भेजने से पहले फ़ोन कर लिया था'

बाबा जोर जोर से हसने लगे

'छोटे, तू नहीं सुधरेगा, क्यों?' छोटे चाचू की पीठ पर एक मध्यम साइज का चपेट मारते हुए बाबा बोले। वैसे सब कोई चाचू और चाची से बहुत प्यार करते है। छोटे चाचू सबसे छोटे भाई है और बड़ो के लिए छोटे नासमझ ही होते है।

शादी की तैयारी कैसी होती है इसका अनुभव मुझे नहीं था। आखरी शादी तो छोटे चाचू की हुई थी और तब मैं बहुत छोटी थी। कुछ भी याद नहीं। इधर हमारी गाड़ी भी सज धज के तैयार। कल की ही तो बात है मैं, बड़ी माँ, दीदी और छोटी माँ गई थी नजदीक के जाने पहचाने कपड़े की दुकान में। बड़े पापा बैठक के कमरे में बैठ अख़बार पढ़ रहे थे। अब घर से निकलना तो उनके सामने से ही होना था।

'कहाँ चल दिए सब?' अख़बार से नजर बिना हटाए बोले।

'कुछ कपड़े वगैरा खरीदना है, मांगेराम जी के दुकान जाना है' बड़ी माँ बोलीं।

'अच्छा? चलो मैं भी चलता हूँ 'बड़े पापा अख़बार एक तरफ फेंक उठ खड़े हुए।

'आप जा के क्या करोगे? हम लड़कियां तो साड़ी आदि लेने जा रहे है 'बड़ी माँ कुछ चकित हो कर बोली। ऐसा तो कभी नहीं होता है ना, बड़े पापा और कपड़ो की दुकान में?

'गाड़ी है ना? मैं साथ चलता हूँ, थोड़ी ड्राइविंग भी हो जाएगी और तुम लोगो का काम भी हो जायेगा, क्यों?'

'दीदीईईई' छोटी माँ के मुँह से यूँ ही हलकी सी चीख निकल पड़ी। बड़े पापा की ज्वलंत दृष्टि देख छोटी माँ का मुँह अपने आप बंद हो गया।

'अरे वाह क्या बात है, आज हम सब गाड़ी में शॉपिंग करने चलेंगे। बड़े पापा आप ना थोड़ा सा घुमाके ले जाना वरना दुकान तो नजदीक ही है'

दीदी की जोर की चिकोटी पीठ पर लगने से मेरी उत्साह भरी आवाज में थोड़ी कमी आई।

हम सब गाड़ी पर बैठ गए। बैठ क्या गए बल्कि लद गए। दीदी आगे, बड़ी माँ छोटी माँ और मैं पीछे। पता नहीं क्यों बड़ी माँ कोई खास आपत्ति नहीं दिखा रही थी। शायद पतिदेव और उन की गाड़ी पर उनको भरोसा था। चलो अच्छा ही हुआ की वो मान गई थी। दो बार चाबी घुमाने के बाद गाड़ी चालू हुई, जैसे कोई दानव अंगड़ाई ले के जाग उठा और भरपूर आवाज के साथ उबासी ली। गाड़ी के नीचे दो कुत्ते सुरक्षित बसेरा समझ कर सांध्य निद्रा दे रहा था। अचानक से गाड़ी की गर्जन से उनके निद्रा में बाधा पहुंची और भाग कर दूर पार्क के बीचोबीच चले गएँ और एक ही सुर में अपनी आपत्ति जताने लगे। बड़े पापा को उनसे कोई लेना देना नहीं था। होंठो पर विजय मुस्कान लिए गियर और एक्सिलरेटर की जुगल हरकत द्वारा गाड़ी को गति प्राप्त कराने लगे। दो एकबार मोहल्ले वालो को सुनाने के लिए हॉर्न बजाते हुए मोहल्ले से बाहर निकल मैन रोड पर आ गए।

अपनी सवारी आस पास के लोगो को चकित करती हुई अंसारी रोड से निकलकर नेताजी सुभास रॉड से बाएं मुड़कर हम आसफ़ अली रोड की तरफ निकले। आगे लाल बत्ती थी तो रुकना पड़ा। आसफ़ अलीई चौराहे पर एकबार लाल बत्ती होने पर कमसे काम चार पांच मिनट तो लगते ही थे हरी बत्ती होने तक। बड़े पापा पेट्रोल की बचत करने के लिए इंजन को बंद कर दिए।

'बाबा, इंजन क्यों बंद कर दिया?, चलने देते' दीदी को शायद कुछ खतरा महसूस हुआ था।

'अरे नहीं, जितनी देर ये रुकी रहेगी, बिना वजह पेट्रोल पियेगी'

बड़े पापा इत्मीनान के साथ बोले। मैं और दीदी एक दूसरे के तरफ कनखियों से देखे। यानि हो गया सत्यानाश, अगर ये गाड़ी फिर से चालू नहीं हुई तो आज बीच रास्ते में ड्रामा होना तय है।

लाल बत्ती हरी हुई, बड़े पापा ने गाड़ी स्टार्ट की और कमाल हो गया। एक बार में ही गाड़ी की इंजन चालू हो गई। वैसे जब तक चालू नहीं हुआ था मैंने और दीदी ने साँस रोक रखा था। हाँ, चालू होने पर हम दोनों ने राहत की साँस ली। गाड़ी वैसे अच्छी तो है. अच्छी चल भी रही है। पता नहीं क्यों बड़ी माँ इस गाड़ी से नाराज है।

अब तो हर रात को घर में शादी को लेकर आलोचना चलती है। गेस्ट लिस्ट बन चुकी है। रिस्तेदार जो जो आनेवाले है उनका नाम और उनके परिवार के कितने लोग आएंगे उसकी लिस्ट बन रही है। सब बोले जा रहें थे और मैं एक कॉपी में लिखती जा रही थी। काफी मजेदार काम है। वैसे जो जो नाम मैं लिख रही थी उनमे से कुछ ही लोगो को मैं जानती हूँ। इसी लिए बीच बीच में मैं ये पता कर लेती थी कि इनमे से मेरी उम्र के कितने गेस्ट है। अभी तक सब मिलाके लगभग ६६ लोगो के नाम लिखे गए है और उनमे से करीब करीब १०-१२ मेरी उम्र के है। इनके अलावा भी रोज ही कुछ ना कुछ नाम लिस्ट में जुड़ते जा रहे थे जैसे जैसे याद आ रहे थे। चलो अच्छा है, एक दिन क्रिकेट टीम बनाकर मैच किया जा सकता है। वैसे निश्चित रूप से ये कहा नहीं जा सकता है कि लिस्ट के हिसाब से सारे लोग ही आएंगे।

अब देखा जाये तो अपने तरफ के रिस्तेदारो को छोड़, बड़े पापा, बाबा और छोटे चाचू के ससुराल वाले भी तो हैं। बाबा के

ससुराल वाले तो मेरे मामा और मौसी लोग है। वो भी दो मामा और दो मौसी और उनके परिवार। बाप रे, यही पर तो करीब २०-२२ लोग हो जा रहें है। अब तो लग रहा है कि आस पास के कोठियों में भी कमरे लेने पड़ेंगे। वैसे ये तो नियम है इस मोहल्ले में अगर कोई शादी ब्याह हो तो सब अपने से आ के पूछते है कि कमरा चाहिए की नहीं। हमारी हवेली में ही तो कितनी शादियों में पड़ोसियों के रिस्तेदारो को ठहरने के लिए कमरे दिए गए हैं।

मेरा काम आज तक के लिए खत्म हो गया था। मैं चुपके से वहां से खिसक ली और बरसाती पहुँच गई। कमरा अँधेरा था तो दरवाजे के बगल में लगे स्विच से बत्ती जला ली। देखा जीनु दादू अलमारी के ऊपर बिराजमान है।

'क्या हुआ? इतनी रात को वहां बैठ कर क्या कर रहे हो?' हालाँकि ये फिजूल प्रश्न है, वो तो कभी भी आ टपकते है।

'हाँ, तुम्हारा इंतज़ार कर रहा था। आजकल बहुत कम आती हो?'

'क्या करूँ, शादी है, कितना काम है मेरा'

'हाँ हाँ, वो तो है' जैसे सब कुछ पता है, वैसे सिर हिलाया जीनु दादू ने।

मैं कुर्सी में बैठते हुए पूँछी।

'एक बात बताओ, नींद में देखे हुए सपने का क्या मतलब होता है, तुम्हे पता है?'

'थोड़ा थोड़ा। क्या देखा सपने में?'

'कल रात को ना एक सपना देखा की, काफी लोग एक हरे भरे पहाड़ की तरफ जा रहे है। सबके हाथ में हर तरह के रंग के झंडे है। लाल, नीले, पीले, हरे और पता नहीं क्या क्या रंग थे झंडो के। पहाड़ के पास एक गुफा है जो जमीन के नीचे की और जा रही

है। लोग, पता नहीं अजीब सा कोई नारा लगाते हुए उस गुफा में घुस रहे थे। मैं उनलोगो को काफी रोकने की कोशिश की, की वहां मत जाओ। वहां एक बहुत खतरनाक राक्षस है। लेकिन कोई सुन ही नहीं रहा था मेरी बात। सब चलते गए। मुझे बहुत डर लग रहा था। बस, इतना ही देखा।

मैं जीनु दादू की तरफ उत्सुकता से देखने लगी। शायद इसका कोई मतलब हो। जीनु दादू ने एकबार अपना दाहिना हाथ आसमान की तरफ करके गोल गोल हिलाया और कुछ ही पल में उनके हाथ में बड़ी माँ के पास रखे महाभारत किताब से भी मोटी एक किताब थी। ये किताब उन्होंने पहले भी मंगवाई थी। इसमें उनके देश के सारे नियम कानून लिखे हुए होते थे।

जीनु दादू काफी देर तक पन्ने पलटने लगे। कभी आगे की तरफ, कभी किताब के एकदम पीछे।। एकबार सिर खुजलाया, एकबार पीठ खुजलाई, नाक खुजलाई।

'उहुँ, बता नहीं सकता। हमारी किताब में इस तरह के सपने का मतलब नहीं लिखा है। लेकिन एक बात तय है कि तुम सपना देख के अगर डर गई हो तो इसका मतलब है तुम्हारे साथ कुछ अच्छा होने वाला है। तुम खुश हो जाओगी, इस तरह की कोई खबर'

काफी सोच विचार के बाद दादू बोले।

'भक, ये तो मुझे भी पता है। माँ बोलती है की अगर कोई डरावने सपना देखोगे तो कुछ अच्छा होने वाला है। तुम कोई नई बात बोलो, वरना चुप हो जाओ'

मेरा मूड बिगड़ चूका था।

दोनों चुप चाप बैठे थे। नीचे से हंसी की आवाज आ रही थी। शायद कुछ हंसी मजाक चल रहा होगा। बगल के किसी घर से गाने की आवाज आ रही थी। मैं चुप चाप सुन रही थी। कमरे के एक कोने में मेरा बनाया वही बाजा पड़ा हुआ था। एकबार सोची की

बजाऊं, फिर माँ की बात याद आई तो खुद को रोक लिया। नींद आ रही है। मैं चुपचाप वहां से उठकर नीचे अपने कमरे में सोने चली गई। मेरे बिस्तर के बगल की जगह खाली थी। माँ अभी भी नीचे सब के साथ बात कर रही होगी। धीरे धीरे मेरी आंखे मुंद आई।

६. कुछ अच्छा नहीं हो रहा है

आज हमारे इलाके में १४४ धारा लागु हो रही है। देश के जगह जगह से छुटपुट दंगे की खबर आ रही है। रेडियो से तो कुछ पता नहीं चल रहा है, ना ही अख़बार में कोई खबर आ रही है। बस लोगों की जुबानी खबरे मिल रही है। एकबार घर से बाहर निकल के देखी तो हालत कुछ कफ़र्यू जैसा ही है। पुलिस की गाड़ी और उनमे लगे माइक से लोगो को चेतावनी की वाणी सुनाई दे रही है। भैया भी कल से घर नहीं आये है। स्वाभाविक रूप से घर पर सब चिंतित है। बड़ी माँ तो पूजा घर से निकल ही नहीं रही है। बड़े पापा चुप चाप बैठे हुए है। बाबा पता नहीं किसे किसे फ़ोन किये जा रहे है। कल तुर्कमान गेट पर काफी हंगामा हुआ था। सुना है कई लोग मारे भी गए है। हालाँकि न्यूज़ से कुछ नहीं पता चला। आसपास के लोग बता रहे थे। हमारी हवेली ज्यादा दूर भी नहीं है तुर्कमान गेट से। आंच तो इधर आनी ही थी। सारे मोहल्ले में सन्नाटा सा छाया हुआ है। घर के सब मना करने के बावजूद मैं स्कूल जाने की तैयारी कर रही थी। लेकिन स्कूल के ऑफिस से फ़ोन आ गया था कि स्कूल अनिर्दिष्टकाल के लिए बंद है। मजा आ गया था सुनके। लेकिन घर की हालत देख कर मैं भी सहमी हुई थी।

कल रात की ही बात है। बड़े पापा और सोना दादा के बीच में काफी बहस हुई। बाबा भी थे, लेकिन वो दोनों को मनाने में लगे थे। माँ एक कोने में चुपचाप खड़ी थी लेकिन कुछ बोल नहीं रही थी। वैसे देखा जाये तो माँ भी यूनिवर्सिटी के लेवल में पॉलिटिक्स करती है। लेकिन कभी भी देर रात तक मीटिंग या कोई और वजह से घर में देर से नहीं लौटी हैं। बाकि घर के लोग भी चुप ही थे। मैं भी एक कोने में बैठकर सुन रही थी।

'तुम्हारा इरादा क्या है ये बता दो, बस।' बड़े पापा थक हार कर कुर्सी पर बैठते हुए बोले।

'पहले तो आप बताइये, आप क्या चाहते है मुझसे?' भैया भी जवाब दिए।

'जो और सब के माँ बाप चाहते है, कि पढ़ लिखकर कुछ करो। कोई नौकरी करो, घर के काम में हाथ बटाओ। बहुत हो चूका ये पार्टी पॉलिटिक्स। ये सब एक हद तक ठीक है।'

'आप ही बता दो फिर हद क्या है?'

'सोना, अपने बाबा से ढंग से बात करो' अचानक बाबा गुस्से में आ गए। जो वो कभी नहीं होते है।

'चाचू, आप तो मेरी ही गलती देख रहे हो। आप बाबा को क्यों नहीं समझाते है?'

'तुझे क्या लगता है भैया गलत बोल रहे हैं? और सच सच बता, तुझे पता भी है कि तेरी बहन की शादी है और तेरी जिम्मेदारी क्या है? और रही बात पॉलिटिक्स की तो, तू कर, कोई मना नहीं कर रहा है। लेकिन अपने कॅरिअर को भी तो देखोगे की नहीं?'

'देखूंगा ना! जब समय होगा तब जरूर देखूंगा' कुछ अकड़ कर सोना दादा बोले।

बाबा दादा की तरफ एक ठंडी निगाह से देखे और बहस को आगे नहीं बढ़ने दी। मेरे बाबा ऐसे ही हैं।

'भैया, आप ऊपर चलो और सो जाओ' बाबा बड़े पापा का हाथ पकढ़ कर कुर्सी से उठाते हुए बोले। बड़े पापा भी थक गए थे दादा से बहस करते हुए।

थोड़ी देर बाद सोना दादा घर से वो जो रात को निकल गए थे अब तक नदारद हैं। घर के सब लोगो को चिंता तो होगी ही। हालाँकि मैं अपने सोना दादा से बहुत प्यार करती हूँ लेकिन कभी

कभी इतनी नासमझी का काम कर देते है ना की सच में उनके ऊपर गुस्सा आता है। घर पर मेरे लिए ये तय करना मुश्किल हो गया है की अब ख़ुशी का माहौल है या ख़ामोशी का। एकाएक जैसे घर में शादी के लिए बना उत्साह का वातावरण किसी अशुभ साये की वजह से थम सा गया है। सब अपने अपने काम में लगे तो हुए है लेकिन चुप चाप।

लगभग रात के दो बजे के करीब सोना दादा घर आएं। किसी ने कुछ नहीं कहा उनसे। कहते भी तो क्या कहते। नादान बच्चा तो है नहीं की नहीं समझ रहा है कुछ। बस, जिद है एक तरह का, की बड़े पापा जो कुछ भी उनकी भलाई के लिए कहेंगे, दादा उसका उल्टा मतलब निकालेंगे। मुझे तो यही समझ में आता है।

बहुत नींद आ रही थी। अब तक बैठे बैठे निमंत्रित लोगो की लिस्ट पढ़ रही थी और बड़े पापा जैसे बताये थे उसी तरह से जोड़े जा रही थी। अबतक शादी में, रिस्तेदारो के तरफ से ५६ लोग की गिनती बनी जो कम से कम शादी के दो दिन पहले आएंगे और तीन दिन बाद जायेंगे। बाकि दिल्ली में रहनेवाले रिस्तेदार तो यहाँ नहीं ठहरेंगे। रोज का आना जाना रहेगा।

अब तक के लिए इतना काफी है। कल फिर बड़े पापा के साथ बैठेंगे। कुछ सवाल है इस बारे में। फाइल समेट कर मै अलमारी में रख दी और चल पड़ी अपने कमरे की और। लेकिन जैसे ही कमरे के पास पहुंची तो वहां बाबा और माँ की अलग बहस चल रही थी।

'तुम तो उसे समझाने की बजाय उसकी तरफदारी कर रही हो' पापा की आवाज आई।

मैं दरवाजे के पास ही रुक गई। दरवाजा बंद था लेकिन कुण्डी नहीं लगी थी। आवाज साफ़ साफ़ बाहर आ रही थी।

'क्या बोलूं उसे की बंद कर दो ये सब आंदोलन? हम सब हाथ पर हाथ धरे बैठ जाये घर के अंदर? क्या बड़े भैया देश की इस हालत से खुश है?'

माँ थोड़ी ऊँची आवाज में बोली

'बात देश सुधारने की नहीं है। यहाँ बात चल रही है बड़े भैया को लेकर। तुम ही बोलो, कौन से काम में वो भैया का हाथ बंटाता है? सब्जी बाजार करने से लेकर बिजली, पानी का बिल जमा करना और पता नहीं क्या क्या वो बेचारे अकेले करते है। मानता हूँ थोड़ा बहुत छोटे भी कर लेता है। लेकिन सारी जिम्मेदारी भैया के ऊपर थोप के वो ज़नाब कौन सा देश सुधार करने निकले है? ये कहाँ का इंसाफ है? पहले अपने आप को और घर को सुधारो। फिर निकलो देश को सुधारने। किसने रोका है?'

'देखीये, ऐसा मत बोलिये। मैं कई बार भैया से बोल चुकी हूँ की ये बिजली पानी का बिल मुझे दे दिया कीजिये, मैं कॉलेज से आते वक़्त जमा कर दूंगी। लेकिन वो सुनते ही नहीं है।'

'कल्पना, तुम्हे अच्छी तरह पता है कि भइया अपने से नहीं देंगे, उनके हाथ से छीनना पड़ता है। मैं कर दूँ? नहीं, दीजिये कर देता हूँ, बोलना पड़ता है। और तुम क्यों जाओगी? सोना तो जा सकता है? कल्पना तुम मानो या ना मानो, उसे तुम ही लाड़ प्यार में बिगाड़ रही हो।'

'सुनिए, वो अब बड़ा हो गया है। वो खुद, क्या अच्छा है, क्या बुरा है समझ सकता है। मैं या आप नहीं। रही बात राजनीती की, इतनी करप्शन इतनी धान्दली आपलोग पता नहीं कैसे सहन कर लेते हो। अब कुछ दिन पहले की ही तो बात है, आपको पता है उस तुर्कमान गेट में क्या हुआ था?'

'हाँ, पता है, कुछ परिवार नियोजन के तहत नसबंदी का कैंपेन चल रहा था और वहां के जुग्गी वाले उसका विरोध रहे थे तो सरकार ने उन लोगो की जुग्गी को हटा दिया। तो इसमें बुराई क्या है?'

'बस इतना ही पता है आपको? ये पता है कि उस मलवे में दफनाये हुए आदमियों के सड़ने की बदबू भी आ रही थी? किसी

को पता नहीं कितने लापता लोगो को उस मलवे के नीचे दबाया गया था। अंदाजा तो लगाया ही जा सकता है'

'मतलब? तुम सोच रही हो लोगो को मार कर उस मलवे में डाल दिया है? क्या बकवास है। कोई सबूत है इसका? किसी ने देखा है कि वहां लोगो को दफनाया गया है? तुमलोगो को नेता लोग जो भी समझा देते है, समझ जाती हो।'

बाबा और माँ की बहस सुनकर और दफनाए हुए लोगो के सड़ने की बदबू के बारे में सोच के ही मुझे उलटी आने लगी थी। बस, वही खड़े खड़े उलटी कर दी। आवाज सुनकर माँ और बाबा दोनों दरवाजा खोल कर बाहर निकल आएं।

बाबा मुझे तुरंत गोद में उठाकर सीधे बाथरूम की तरफ दौड़े। बड़े पापा और सब लोग भी ऊपर आ गए।

'क्या हो गया बच्ची को, कोई बताएगा मुझे?' बड़े पापा उतावले होने लगे।

बाबा पानी लेकर मुझसे कुल्ला करवाने लगे और अपने हथेली में पानी लेकर मेरे आँख और सिर पर देने लगे।

'जग्गू, ऐसा कर, डॉक्टर सिन्हा को एकबार फ़ोन कर ले' बड़े पापा परेशांन हो रहे थे।

'नहीं भैया, लगता है इसकी जरुरत नहीं है, गर्मी की वजह से हुआ होगा' बाबा बोले

'तुझे कैसे पता जरुरत नहीं है? तू डॉक्टर है?' बात अगर मेरे पर आती है तो उनके अपने जग्गू भी डाट खा सकते है ये बाबा को भी पता है।

'ठीक है भैया, फ़ोन करता हूँ' बेचारा बाबा।

डॉक्टर अंकल ने शायद फ़ोन पर ही कोई दवा बताई जो घर पर ही मौजूद थी। माँ मुझे वो दवा और पानी पिलाकर मुँह अपने आँचल से पोछ दी।

'माँ आज मैं तुम्हारे और बाबा के साथ सोऊंगी, आप मुझे वो लोरी सुनाओगी ना?'

माँ कुछ नहीं बोली बस मुस्कुराकर मुझे सीने से लगा ली और खाट के सिरहाने पर तीन तकिये लगा दी और मेरे बगल में लेट गई। एक हाथ से अपने सिर को सहारा देती हुई दूसरे हाथ से मेरे सिर पर थपकी देने लगी और गुनगुनाके मेरी पसंद की लोरी गाने लगी।

कितना अच्छा गाती है माँ। धीरे धीरे मेरी आंखे मुंद आई। हलकी नींद में मैने महसूस किया की बाबा भी मेरी दूसरे बगल में आ कर सो गए और धीरे धीरे मेरा सिर सहलाने लगे। कितना अच्छा लगता है जब दोनों एक साथ रहते हैं। पता नहीं क्यों बाबा बाहर नौकरी करने जाते है?

७. कुछ अच्छा भी होता है

शादी के अब बस तीन दिन रह गए हैं। बाबा भी इस बार थोड़ी लम्बी छुट्टी ले कर ही आएं है। घर पर जैसे उधम सा मच गया है। माँ, सोना दादा भी शादी के काम में जुट गए हैं। एकदम ऊपर वाली मंजिल के एक कमरे में बढ़े बढ़े बक्से से पता नहीं कितने सारे तकिये, चादर, और गद्दे निकले। पित्तल और कांसे के तो इतने बर्तन उनमें से निकले की क्या बताएं। पता नहीं कितने सालो बाद ये सब निकाला गया है। माँ नें सारे बर्तन निकाल कर मांजने के लिए नीचे भिजवा दिए। गद्दे और तकिये कुछ पुराने, कुछ नए सिलवाने दिए है। बाकि टेंट हाउस से मोटे मोटे तकिये और गद्दे भी मंगाए गए है। एक बात पता चली है की रिस्तेदारो में भी श्रेणी होती है। पहली श्रेणी के लिए नए गद्दे नए तकिये और अपनी हवेली में ही जगह बनानी पड़ेगी। अगली श्रेणी के लिए अगल बगल के घरो में कमरे लेकर उनका इंतजाम करना पड़ेगा। ये दूसरी श्रेणी के रिस्तेदार करीब के ही होते है जो वाकई में शादी के काम में हाथ बंटाते है। पहली श्रेणी के रिस्तेदार काफी संवेदनशील प्रजाति के होते हैं। इनको कोई तकलीफ न हो या हर बात पर इनसे राय लेना या उनकी सुनना जरुरी होता है। इनको सम्हालने का काम बाबा कर रहे हैं। वैसे देखा जाये तो ये काम घर के सबसे बड़े यानि बड़े पापा का काम है लेकिन मुश्किल ये है कि बड़े पापा को उन रिस्तेदारो से इतना लगाव नहीं है। उनके नखरे देख बड़े पापा शायद ही उन पर रहम करे इसीलिए सर्व सम्मति से यही तय हुआ था कि ये काम बाबा ही करेंगे।

रोजमर्रा के काम के लिए चार आदमी और एक अम्मा को भी बुलाया गया है। बर्तन धोना, गद्दा बिछाना, झाड़ू पोछा और पता

नहीं क्या क्या काम ये लोग कर रहे है। इनकी जिम्मेवारी छोटे चाचू की है। लेकिन ये दिहाड़ी मजदुर इनकी बात माने तब ना? अक्सर काम करते करते बीड़ी पान खाने के बहाने गायब हो जा रहे थे। फिर सोना दादा को आना पड़ता है इनलोगो को धमका के काम पर लगाने के लिए। माँ और बड़ी माँ लगे हुए है रोज के नास्ते से लेकर रात के खाने की इंतज़ाम में। साथ में सारे दिन के लिए चाय नमकीन आदि का भी जुगाड़ रखना जरुरी है। तीसरी मंजिल की छत काफी बढ़ी है। उसीके एक कोने में एक छोटा टेंट लगाया गया है जिसके नीचे रोज का खाना आदि बनेगा। शादी में दावत का इंतज़ाम तो कोई कैटरिंग कंपनी को दिया गया है, जिसका मालिक बाबा के स्कूल फ्रेंड भी है। अब मुश्किल एक बात की हो गई है कि गर्मी के मौसम में दिल्ली में दूध की मिठाइयां नहीं मिलती है। ये सरकारी आदेश है। इसलिए कुछ दूध की बनी मिठाइयां जैसे रसगुल्ला आदि घर पर ही बनाया जा रहा है। सुना है कि कल रात को बनाया जायेगा। देखना पड़ेगा कैसे बनता है।

एक बात तो कहनी ही पड़ेगी की बड़े पापा, बाबा, चाचू, सोना दादा, के जितने करीबी दोस्त है, सब के सब इस शादी के काम में जुट गए हैं। हर एक ने अपने आप से एक एक काम की जिम्मेदारी ले ली हैं और निभा रहे हैं। मीणा अंकल, आंटी को लेकर कई बार आ चुके है अपनी ड्यूटी से समय निकाल कर। इसके अलावा आस पड़ोस की जान पहचान के सब आंटियाँ सब्जी आदि काटने और पता नहीं क्या क्या काम करने के लिए आने जाने लगी है। काम के साथ साथ गप्पेबाजी भी खूब चल रही है। मैंने उन लोगो के बीच बैठकर सुनने और समझने की कोशिश की लेकिन पलड़े कुछ नहीं पढ़ा। अब तक देखा जाये तो शायद एक मैं ही हूँ जो कोई काम नहीं कर रही हूँ सिवाय घूम फिर के मुयायना करने के। चलो, ये काम भी कोई कम थोड़े ही है।

नहीं, एक और ग्रुप है जो कोई काम नहीं कर रहा है। दीदी की फ्रेंड्स लोग। बस रोज आ जाती है और दीदी के साथ उनके कमरे

का दरवाजा बंद कर सारा समय ही-ही-ही करती रहती है। एक दिन मैं दरवाजा खोल कर अंदर जाने लगी तो बस जैसे क़यामत ही आ गई!

'तू यहाँ क्या कर रही है? जा अपनी उम्र के बच्चो के साथ जाकर बैठ 'जैसी अपमानजनक बातें सुननी पड़ी।

दीदी कई बार बोली की 'आ मेरे पास आ के बैठ' लेकिन उनकी नकचड़ी फ्रेंड्स ने मुझे कमरे में घुसने ही नहीं दिया। इनके बारे में कुछ सोचना पड़ेगा। मनीष से मिलकर इनको जरूर सबक सिखाएंगे।

बड़े पापा बता रहे थे कि आज रात से रिस्तेदारो का आना शुरू हो जायेगा। माँ के बड़े भाई और छोटे भाई, यानि मेरे बड़े मामाजी और छोटे मामा जी आज रात को ही इलाहाबाद से आ रहें है। बड़े मामा के दोनों बेटे, बबलू भैया और चुन्नू, और छोटे मामा की दोनों बेटी अंजू और मंजू वो लोग भी आ रहें है। इनलोगो से बड़ी पटती है मेरी। बबलू भइया तो बड़े ही मजाकिया किस्म के है। इतना हँसाते हैं की क्या बताएं। अंजू दीदी तक़रीबन दीदी के उम्र की है और मंजू मेरे से दो साल छोटी है। बाकि मेरी उम्र के और भी आएंगे। सोच के ही मजा आ रहा है। एक ही मुश्किल है कि यह लोग पड़ोस के घर में रहेंगे।

'शीनू! तुम्हारे दोस्त लोग आये है, ऊपर भेज दूँ?'

छोटी माँ की आवाज आई।

'नहीं चाची, मैं नीचे आ रहीं हूँ'

मैं नहीं चाहती थी की सारे लड़के मेरे कमरे में आएं। आजकल कुछ ऐसा ही होता है मेरे साथ। मेरे कमरे में, विशेष कर लड़कों का आना मुझे पसंद नहीं। और इनलोगो की तो बात ही कुछ और है। आते ही मेरे कमरे में हर चीज को हाथ लगाएंगे और ये मुझे कतई पसंद नहीं।

नीचे के कमरे में बैठे कामिल, मनीष, गुलज़ार मेरा इंतजार कर रहे थे। इंतज़ार क्या? मेरे आने से पहले ही बड़ी माँ सबको लड्डू और नमकिन परोस चुकी थी और ये सब बड़े ही ध्यान पूर्वक उसका सफाया कर रहे थे, कहीं एक दाना भी छूट ना जाये। भुक्खड़ों के सामने खाना हो तो फिर क्या मजाल वो और किसी चीज पर ध्यान दे? मेरे आने से बेखबर सब मन लगाकर प्लेट साफ़ करने में लगे हुए थे। मैं भी इंतज़ार करने लगी। खा ले फिर बात करुँगी।

'अरे, तू आ गई?'

मनीष अपनी प्लेट टेबल पर रखते हुए बोला। मैं कुछ नहीं बोली। मन ही मन गाली देने के सिवा कर ही क्या सकती हूँ। बाकियों की बात और है, कम से कम ये तो हैल्लो बोल सकता था? नमकहराम कहीं का।

'तू आजकल आती नहीं है खेलने तो सुबोध भैया पूछ रहे थे की एकबार जा के पता करके आ, क्या बात है। वैसे मैने बता दिया है की उसकी दीदी की शादी है'

गुलजार अपनी खाली प्लेट टेबल पर रखते हुए बोला।

'हाँ रे, घरपर शादी की वजह से इतना काम है की फुर्सत ही नहीं मिल रही है जाने की'

मैं बोली लेकिन ये सरासर झूट है। आजकल पता नहीं खेलने जाने का मन ही नहीं करता है। वजह तो मुझे भी पता नहीं, बस यूँ ही। वैसे बड़ी माँ भी आजकल कभी कभी मना करती है जाने को।

'देखती हूँ, शादी बगैरह एकबार मिट जाये तो फिर आ जाउंगी।' कहना जरुरी था। 'वैसे शादी में तुम सब आ रहे हो ना? जल्दी आ जाना, देर नहीं करना। बाराती शाम को ६ बजे तक आ जायेंगे।'

'हाँ हाँ हम सब आ जायेंगे। तू फ़िक्र ना कर, चल अब चलते है। बाय'

कामिल को उठता देख बाकि लोग भी खड़े हो गए जाने के लिए। मैं उनलोगो को गेट तक पहुंचाकर वापस अंदर आ गई।

अपने कमरे में जा कर लेटने की सोच रही थी कि सोना दादा कमरे में घुस आये 'मझली माँ मझली माँ 'चिल्लाते हुए। माँ छत पर थी, धुले कपड़े जो सुख गये थे लाने के लिए।

'दादा माँ छत पे गई है सूखे कपड़े लाने, अभी आ रही है'

'सो तो ठीक है, वहां मझली माँ काम कर रही है और यहाँ तू बिस्तर पर फैली पड़ी है? क्या? उठ जा नहीं तो तैयार हो जा भयंकर गुदगुदी के लिए'

भैया आगे बढ़ने ही वाले थे कि मैं छलांग मार के पलंग की दूसरी तरफ चली गई। इतने मे माँ भी नीचे आ गई थी। सूखे कपड़े बिस्तर पर रख आराम से पलंग पर बैठ गई।

'मझली माँ! आपने मुझे बुलाया था क्या? चाचू बोल रहे थे?'

'हाँ सोना, मैने तुझे बुलाया था, कुछ बातें करनी थी'

'हाँ, बोलिये ना'

'देख सोना, तुझे तो समझ में आता ही है कि घर के सब परेशान है तुझे लेके'

'हाँ मझली माँ, जानता हूँ। मगर वे बेवजह परेशान हो रहें है, मैं.....'

माँ बीच में ही सोना दादा की बात को काटती हुई बोलीं

'तू माने या ना माने वो गलत तो नहीं सोच रहें है। मैं भी कॉलेज में जब थी तब यूनियन किया करती थी लेकिन अपनी पढ़ाई बचा के। भैया कह रहे थे की आजकल तू कभी कभी घर भी नहीं आता है?'

'मझली माँ एक आध दिन ऐसा हुआ होगा।'

'क्यों ऐसा होगा?'

माँ की इस ठंडी आवाज में पूछना और इन ठंडी आँखों से देखना मतलब दादा की वाट लगनेवाली है आज। मैं चुपचाप पलंग के एक कोने में बैठकर सुन रही थी।

'अब क्लास के बाद कभी कभी यूनियन के ऑफिस में चला जाता हूँ। वहां लेट हो जाये तो दोस्तों के साथ हॉस्टल में ही रह जाता हूँ तो इसमें बुराई क्या है?' दादा ने जवाब दिया। माँ ने फिर उसी ठंडी आवाज में पूँछी।

'आज तो तू मेरी क्लास में भी दिखा नहीं था? क्यों?'

अब दादा चुप हो कर जमींन की तरफ ताकने लगे।

'वो संतोष जी किसी काम से बुलाए थे, इसीलिए पार्टी ऑफिस चला गया था'

'देखो सोना, हर काम दायरे में रहकर जब तक कर रहे हो तबतक ठीक है। लेकिन अगर इसके बाहर निकल कर करोगे तो इसका अंजाम अक्सर अच्छा नहीं होता है। समझ रहे हो ना मैं क्या समझाने की कोशिश कर रही हूँ?'

'वो तो मैं करता हूँ! और आप भी तो यूनियन करती है?'

माँ इस बात पर कुछ देर चुप हो गई। फिर बोली

'हाँ, करती हूँ, लेकिन घर की जिम्मेदारी को पीछे रख कर नहीं करती हूँ। वैसे भी घर की बेटी की शादी है। तुम कौन सी जिम्मेदारी निभा रहे हो, बता सकते हो?'

'मेरे पर कोई भरोसा करे तब ना काम करूँ? पिताजी तो मुझे कुछ समझते ही नहीं है'

'अब

तुम गलत कह रहे हो। भैया कई बार तुम्हारे बारे में पूछ चुके हैं। कल ही तो कुछ काम के लिए तुम्हे ढूंढ रहे थे। और रही बात

काम, तुम्हे बताना क्यों पड़ेगा? तुम खुद ही ढूंढ लो और आगे बढ़ के बोलो की ये काम मुझे दो, मेरी जिम्मेदारी है'

'ठीक है मझली माताश्री आपकी जैसी आज्ञा, आप जैसा कहेंगी'

और दादा सीधा जमीन पर लेट कर माँ को साष्टांग चरण स्पर्श करने लगे।

माँ दो कदम पीछे हट गई और दादा की नौटंकी पर हंसने लगी।

'चल चल उठ जा और ड्रामा बंद कर'

मुझे भी भैया की करतूत पर हंसी आ गई।

'ठहर जा तुझे बहुत हंसी आ रही है ना?' कहकर मुझे पकड़ने के लिए आगे बढ़ने से पहले ही मै पलंग से छलांग मार कर नीचे भागी। पकढ़ लिया तो फिर गुदगुदी से मेरी हालत ख़राब हो जाएगी।

अच्छा हुआ बात ज्यादा देर तक चली नहीं।

८. लेडिस संगीत

कमरों की सफाई तो पहले ही हो चुकी थी। बिस्तर गद्दे आदि सब लग चुके थे। सबको हेल्प करते करते देर हो ही गई थी। बस दोपहर का खाना खाकर सोने की कोशिश कर ही रही थी कि नीचे हो-हल्ला शुरू हो गया। जरूर बड़े मामा मामी उन के दोनों बेटे, बबलू भैया और चुन्नू, और छोटे मामा मामी और उनकी दोनों बेटी अंजू दीदी और मंजू आ गए हैं। मुझे पता था कि यह लोग ही सबसे पहले आएंगे। नींद जाये तेल लेने। मैं बिस्तर से उछल कर सीधा नीचे भागी। देखा सारे लोग आ गए थे।

'अरे हमारी शीनू बेटी तो बड़ी हो गई है' और बड़ी मामी मुझ से लिपट कर रोने लगी।

ये बड़ी मामी की आदत कहिये या इमोशन. की वो हर मौके पर रो सकती है। उनके आंसू देख सब जोर जोर से हंसने लगे।

'ये कुछ ज्यादा नहीं हो गया माँ? अब इतने दिन बाद मिल ही रही हो तो ये रोना धोना कहाँ से बीच में आ गया?' बबलू भैया मामी को छेड़ने का ऐसा सुनहरा मौका हाथ से जाने नहीं देना चाहते थे।

'तू चुप कर नालायक, तू क्या समझेगा ख़ुशी के आंसू किसे कहते है' आँख पोछती हुई बड़ी मामी बोली।

'ठीक है तू बल्कि फिर से शुरू हो जा। बबलू, तुझे कितनी बार समझाया है की भाभी जब आंसू बहाए, तब डिस्टर्ब मत किया कर?'

कपट डाट लगाते हुए छोटे मामा भी मजे ले रहे थे और बाकि लोग हँसे जा रहे थे।

हंसी मजाक में ही करीब करीब घंटो बीत गए और समय का पता ही नहीं चला। हम छोटे सब बड़ो से अलग बैठ गप्पे लड़ाने लगे। दीदी और अंजू दीदी भी हमारे साथ थोड़ी देर बात कर अलग कमरे में चली गई। मुझे पता है अब वो लोग और ही बातें करेंगी जो हमें सुनना नहीं चाहिए, ऐसा दीदी की फ्रेंड्स कहती रहती है। मुझे सुनना भी नहीं है। हम अपने हमउम्र के बीच ही खुश है।

शाम को लेडीज संगीत की तैयारियां शुरू हो गई।। आसपास के घर की आंटियो की मंडली का आना शुरू हो गया है। आंगन में चादर और दरी टेंटवाले बिछा कर चले गए हैं। बाबा ने कुछ चाट, गोलगप्पे और टीक्केवालों का बंदोबस्त भी कर रखा है। ये खाने पीनेवाला पार्ट मुझे खास कर पसंद है, वरना वही एक तरह का गाना ही तो चलेगा 'राजा की आएगी बारात' या 'जिया बेक़रार है आई बहार है' जैसा ही कुछ। साथ में वही ढोलक और चम्मच की जुगलबंदी, ढोलक का ढक-ढक, और चम्मच का ठक-ठक। चूँकि कलकत्ता से आये मेहमानो के लिए ये सब नया है, सो वो लोग इसके मजे लेने लगे। मैं धीरे से वहां से खिसक ली और बाहर के बरांडे में जाकर चुपचाप पार्क में टेंट आदि लगाने के तरीके देखने लगी की अचानक पीछे से किसीने पीठ पर हल्का सा चपेट मारा। पीछे मूढ़ के देखा मनीष खड़ा है। थोड़ी नाराज तो थी उससे, लेकिन इस बोरियत वाले माहौल में उसका आना इतना बुरा तो नहीं लगा।

'बोल क्या बात है? खेलने नहीं गया?' उसकी तरफ बिना मूढ़े ही मैंने पूछा।

'नहीं रे, आज किला बंद है| सुनने में आया है कुछ झमेला होने वाला है उसके आस पास। तो सब वापस आ गएँ। अभी जा रहे थे थाने के सामने चबूतरे पर बैठने। सब वही आ रहे है, चलेगी?'

हम अक्सर थाने के सामने के चबूतरे में बैठकर गप्पे करते हैं। थाने की पुलिस कुछ नहीं कहती है। बल्कि कभी कभी हमारे साथ बैठकर हमारे आपसी मजाकिया झगड़े का आनंद लेती है।

'चल फिर! रुक ज़रा, पार्क में बाबा है, उनसे बता कर चलते हैं। वैसे ज्यादा देर रुक नहीं पाऊँगी।'

'ठीक है तू जा, मैं दो चार गोलगप्पे खा लूँ तब तक'

बिना मेरा जवाब सुने ही वो लपक के ठेले पर हमला करने चल दिया।

थाने के सामने लगभग सारे खिलाड़ी मौजूद थे और सामने रखे पकोड़े मुँह में डाले जा रहे थे। जरूर कोई पुलिसवाला खिला रहा होगा। ये भी अक्सर होता है। हमें बैठे देख कोई ना कोई थानेदार अंदर से ही आवाज दे देता है।

'बच्चो को पकोड़े खिलाओ रे, लेकिन चाय मांगने से नहीं देना'

सब पुराने जान पहचान के है, हमें बचपन से जो देख रहे हैं। इनलोगो में से कुछ लोगों का तो दूसरे थाने में तबादला हो जाता हैं लेकिन ज्यादातर पुलिस और थानेदार सालों से यहीं टीके रहते है, पता नहीं कैसे।

'क्या रे शीनू, आजकल खेलने क्यों नहीं आती है? पता है हमारी विकेट कीपिंग कमजोर पड़ रही है आजकल। कल तो इस केशव ने पता नहीं कितने कैच मिस किये है। पुरे पांच विकेट से हार गए थे हमलोग'

दुखी जयन्त ने अपना दुःख कम करने के लिए, केशव के हाथ में अभी अभी उठाया हुआ पनीर का पकोड़ा छीनकर अपने मुँह में पूरा का पूरा डाल दिया। जैसे हारने की वजह केशव ही था। केशव बेचारा उसका मुँह देखता ही रह गया।

'और तुम जो चार रन बनाकर बोल्ड आउट हो गए थे, वो कुछ नहीं क्या?' सीधा-साधा केशव से भी अब रहा नहीं गया। बेचारा बहुत देर से इनलोगो का ताना सुने जा रहा था। पत्तल में सिर्फ उसी के हिस्से का पनीर पकोड़ा रखा था जो हाथ से निकल गया था। कैच मिस करने से भी दुखदायी कहा जा सकता है।

बहस शायद और थोड़ी देर चलती मगर अचानक थाने के अंदर से लगभग सारे पुलिसवाले और थानेदार बाहर निकल आये। हमलोग थोड़े आश्चर्य चकित ही हो गए, ऐसा तो कभी होते हुए नहीं देखा है। मामला क्या है? थानेदार जी हमारे करीब आ के बोले,

'बच्चो, आज तुमलोग चले जाओ यहाँ से, बहुत जरुरी काम है, फिर कभी आना'

वो हमें तक़रीबन भगा ही दिए वहां से। हमलोग भी कुछ कम नहीं है। आगे गली में घुसकर चुपके से देखने लगे की क्या होता है। थोड़ी देर में ही चार बड़ी-बड़ी पुलिस वेन वहां आकर रुकी और सारे पुलिसवालो ने लपककर उन्हें घेर लिया।

एक एक वेन का दरवाजा खुलता गया और उसमे से कैदी लोग उतरने लगे। लेकिन ये क्या? ये लोग तो मुजरिम जैसे नहीं लग रहे है? सारे के सारे कॉलेज के स्टूडेंट्स दिख रहे है, अपने सोना दादा जैसे। ये देख मेरे रोंगटे खड़े हो गए। सारे स्टूडेंट्स दर्द से कराह रहे थे। किसी के माथे से खून टपक रहा था, किसी का हाथ गमछे से बांधकर गले से टंगा हुआ था। जरूर हाथ पर चोट आई होगी। मैंने एक अजीब से डर की लहर अपने सीने में महसूस कि और मुड़कर सीधा अपने घर की और भागी। पीछे से सब चिल्लाकर मुझे बुला रहे थे। लेकिन मैं उनलोगो को अनसुनी कर सीधा पार्क में खड़े बाबा के पास चली गई और उनसे लिपट गई।

'क्या हुआ शीनू, इतनी घबराई हुई क्यों हो, क्या हुआ है? मुझे बताओ?'

बाबा मेरी हालत देख शायद घबरा गए थे। बाबा ने तुरंत नजदीक खड़े एक मजदुर को घर से पानी की बोतल लेने के लिए भेज दिया। जब तक वो मजदुर पानी लेकर आता बाबा मुझसे जोर से लिपट कर पार्क की बेंच में बैठ गए।

'क्या हुआ मेरी बच्ची। बोल तो कुछ?' बाबा मेरे गाल पर धीरे धीरे थपथपाते हुए पूछने लगे।

'बाबा, वो सोना दादा जैसे लोग' मैं किसी तरह बोल पाई।

'तो? सोना दादा क्या? अच्छा पहले ये पानी पी ले, फिर बोलना' बाबा बोतल को मेरे मुँह के पास ले आएं। गला तो वाकई में सुख रहा था।

तब तक बड़े पापा को पता नहीं कैसे खबर हो गयी थी। वो घर से भागते हुए पार्क आ पहुंचे।

'जग्गू ए जग्गू, क्या हुआ शीनू को?'

एकदम से घबराये हुए वो हमारे पास आ पहुंचे। जरूर उस मजदुर ने नमक मिर्च लगा के कुछ बोला होगा।

'बाबा, बड़े पापा को कुछ नहीं कहना, मैं बाद में आप को बताउंगी' मैं धीरे से बाबा को बोली। पता तो है बड़े पापा किस कदर घबरा जायेंगे।

'नहीं भैया कुछ नहीं हुआ है इसे। शायद गर्मी की वजह से इसका जी मचल रहा होगा। आप भी ना भैया हर बात पर घबरा जाते हो' बाबा आराम से उनको समझाने लगे।

'शीनू तू ठीक है ना? कोई तकलीफ तो नहीं हो रही है?'

'नहीं बड़े पापा, मैं एकदम ठीक हूँ ना! आप अंदर जाओ मैं यही बाबा के काम में हाथ बँटा रही हूँ'

मैं अपनी घबराहट मुस्कराहट से छुपाते हुई बोली। बड़े पापा एकबार मेरी तरफ फिर बाबा की तरफ एक नजर घुमाकर वापस

घर में चले गए। चाल में कुछ थकावट तो नजर आ रही थी। बड़े पापा जैसे ही काफी दूर चले गएँ, तब मैंने मुँह खोला।

'बाबा, पता है अभी हमलोग थाने में गप्पे मारने गए थे ना, वहां देखा चार पुलिस की गाड़ी भर भर के कॉलेज के लड़के पकड़ के लाये हैं। सब के सब जख्मी थे। लग रहा था बहुत पीटा है सब को। कहीं सोना दादा को तो पीटने नहीं ले जायेंगे और जेल में डाल देंगे बाबा?'

मैने एक साँस में सारी आँखों देखी खबर सुना डाली।

'सोना दादा भी तो पार्टी पॉलिटिक्स करते है ना? माँ भी तो करती है ना?' मैं प्रश्न के पीछे प्रश्न किये जा रही थी लेकिन बाबा एकदम चुप हो कर कुछ सोच रहे थे।

'शीनू बेटा, ऐसा करो तुम अभी घर के अंदर चली जाओ और हाँ, किसी से कुछ नहीं कहना। मैं मीणा भैया के वहां जा रहा हूँ। इसका भी जिक्र नहीं करना किसी से, ठीक है?'

'हाँ बाबा, आप फ़िक्र ना करो, मैं किसी को कुछ नहीं बताउंगी'

'मेरी होशियार बच्ची, ऐसा करो, तुम अभी घर जाओ। अगर भैया पूछे तो बोलना की मैं दोस्त के घर गया हूँ। ओके?' मेरे सिर पर प्यार से हाथ फेर, रोड पर रखी बाइक स्टार्ट किये और देखते देखते गायब हो गए। पीछे छोड़ गए धूल और पेट्रोल की खुशबु। मुझे तो पेट्रोल की बू. खुशबु ही लगती है। कुछ देर तो वहीँ खड़े हो कर जोर जोर से साँस लेती रही, फिर घर के अंदर चली आई।

९. रसोइया महाराज बुरे फंसे

रात को देर से सोई थी। शादी का घर है। खाने पीने और गप्पे करने में कब समय निकल जा रहा है पता ही नहीं चल रहा था। माँ मामी लोग धक्के मार के सोने नहीं भेजती तो हम सुबह तक ऐसे ही बैठे रहते। नींद में पता नहीं क्या क्या सपने देख रही थी। अचानक दीदी ने धक्का दे के मुझे जगाया।

'वाह क्या बात है! शादी मेरी हो रही है ये राजकुमारी दरियागंज बेच के सो रही है, कोई फ़िक्र भी है तुझे?'

इनकी शादी हो रही है तो मैं किस बात पर चिंता करूँ? आधी नींद से उठने पर कुछ समझ में नहीं आया। घड़ी देखी तो रात के ४ बज रहे थे।

'तुम इतनी सुबह शादी करने जाओगी? बड़ी जल्दी पड़ी है तुम्हे?'

अब इस बात पर दीदी से एक मध्यम चांटा मेरे सिर पर शायद वाजिब था।

'बहुत बड़ो जैसी बाते करना सीख गई है तू, ना? जल्दी मुँह धो के नीचे आ, सब इंतज़ार कर रहे है' कहकर वो नीचे भागी। दीदी क्या अपने आंसू छुपा रही थी? मुझे तो ऐसा ही कुछ दिखा। पता नहीं, इसे तो कभी रोते हुए नहीं देखा है। पता नहीं शायद मैंने आधी नींद में गलत देखा हो। रात को जब सोने जा रही थी तब सारी चाची मामी अगले दिन के खाने के लिए कच्ची सब्जी बगैरह काटने में जुटी हुई थी। रसोइया तो सुबह सुबह आ जायेगा।

नास्ता, फिर दोपहर का खाना, बीच-बीच में चाय का बंदोबस्त भी उन्हें ही करना पड़ेगा।

नीचे आई तो देखा सब बैठक वाले कमरे बैठे हुए थे, शायद मेरे इंतज़ार में। लेकिन दीदी की शादी में मेरा क्या काम?

'है ना!' बड़ी मामी ने मुझे समझाया।

'तेरी दीदी अभी सूरज उठने से पहले ही खाना खा लेगी। फिर एकदम शादी के बाद ही खाने को मिलेगा। तुम अब दीदी के साथ बैठो और उनके साथ खाओ। यही रस्म है ।'

'क्या?? मुझे भी सारा दिन खाना नहीं मिलेगा?' अब मुझे सच में चिंता होने लगी।

मेरी बात पर सब इतने जोर-जोर से हंसने लगे की मैं शर्मा गई। वैसे सामने कोई मन पसंद खाना तो रखा नहीं था। दही, पोहा और कुछ मिठाइयां। बड़े पापा हम दोनों के बीच बैठ कर सारी चीज एक साथ मिला कर चम्मच भर के एकबार दीदी को और एक बार मेरे को खिलाने लगे। मामी और बड़ी माँ शंख बजाने लगें। बड़े पापा के आँखों में आंसू दिखने लगे। बस, छलक के बाहर नहीं आये। दीदी अपने साड़ी के पल्लू से बड़े पापा की आंखे पोंछ दी। अचानक से सारे हंसी मजाक का माहौल थम सा गया। वैसे इतना भी पसंदीदा खाना तो था नहीं मेरे और दीदी के लिए। वो भी एक दो चम्मच मुँह में लेकर उठ गई। इशारे से मुझे बुलाकर और सबसे आंख बचाकर अपने कमरे में ले गई।

'आजकल कहाँ छुपी रहती है? पिछले कई दिनों से देख रहीं हूँ तू गायब रहती है?' दीदी की आँखों में आंसू झलक आए।

'तुझे कुछ एहसास भी है कि मैं ये घर छोड़ के जा रहीं हूँ?'

इस बात से तो मुझे भी रोना आ गया। मैं झपट के दीदी से लिपट गई और उनके कंधे पर सिर रख कर बैठ गई। वैसे देखा जाए तो दीदी इतनी भी बुरी नहीं है।

'बड़ा रोना आ रहा है ना तुझे? इतना ही प्यार करती है मुझसे तो मेरे पास आई क्यों नहीं इतने दिनों से'

दीदी जोर से मुझे गले लगाते हुए बोली।

'मैं क्या करू? मैं तो कई बार आना चाहती थी, वो तुम्हारी नकचड़ी फ्रेंड्स लोग ही तो आने नहीं दे रही थी। तुम्हारे पास बैठ खाली ही-ही-ही करती रहती है'

अब दीदी जोर से हंस पड़ी।

'पगली कहीं की! वो सब तो दोस्त हैं, तू तो मेरी छोटी सी, नन्ही सी बहन है। अगली बार कोई तुझे रोक के तो दिखलाए, सबको कमरे से बाहर न निकाल दूंगी'

'अब चल सुबह होने को है, अभी मेरे पास सो जा थोड़ी देर'

मेरी तो लगभग लॉटरी ही निकल गई। मैं तुरंत दीदी से लिपट के सो गई।

लेकिन नींद कहाँ आती? बाहर शोर शराबा तो शुरू हो चूका था। घर के लोगो का आपस में बाते हंसी मजाक तो चल ही रहा था। बाबा जो है यहाँ। मैं थोड़ी कसमसाने लगी तो दीदी ने पीठ पर एक चांटा रसीद कर दिया।

'सोती क्यों नहीं चुपचाप?'

'बाहर देखो ना सब मजे कर रहे है! और रोज रोज तुम शादी थोड़ी ही करोगी? चलो ना सुनते है क्या चल रहा है'

दीदी को भी लगा हम शायद शादी के इतने सारे मजे यूँ ही गवां रहें है।

'सही बोल रही है तू, चल देखते हैं, क्या चल रहा है नीचे, मेरी शादी है और मैं ही मजे ना लूँ?'

फिर क्या था, दोनों लपक के बिस्तर से उतरी और भागी आंगन की ओर जहाँ सारे जमघट लगा कर बैठे हुए थे।

मैंने देखा, बाबा, बड़े पापा और बड़ी माँ के झगड़े की नक़ल करके दिखला रहे है और सब हंस हंस के लोटपोट हो रहे है। सबसे ज्यादा तो बड़ी माँ हंस रही थी। बड़े पापा वहां थे नहीं। फिर क्या था हम भी शामिल हो गए उसमे। मैं भी क्या कम थी? मैंने भी गाड़ी खरीदने को लेकर जो हंगामा हुआ था उसको थोड़ी नमक मिर्च लगाकर परोस दी। काफी मजे लिए सबने इस बात पर। इतने में दीदी उठकर पास रखे टेबल से पानी का गिलास उठाकर पीने गई और रखते समय गलती से गिलास को नीचे गिरा दी। झन से शीशे का गिलास चकनाचूर हो गया।

'अरे करमजली, सत्यानास हो। तोड़ दिया ना महंगे शीशे का गिलास? मायके से यही सिख कर आई है?'

बाबा एकदम औरतो जैसी आवाज करके बोले तो फिर से हंसी के फुहारे शुरू हो गए।

'क्या चाचू आप भी ना' दीदी शर्मा के बोली और फिर हंसने लगी।

हंसी मजाक में कब सूरज निकल आया किसी को पता ही नहीं चला।

रसोइया महाराज अपने सहायकों के साथ हाजिर हो गया था। माँ और चाची उठ गई और नास्ते की तैयारी में जुट गई। मुझे पता है आज मेरी पसंद की पूरी,सब्जी और हलवा बनेगा नास्ते में। बाहर पार्क से ठन-ठन धन-धन की आवाज आयी तो हम सब भागे देखने। पार्क में पंडाल लगाने वाला गाड़ियों से सामान उतार रहा था। बर्तन आदि भी लग रहें थे रात के लिए।

'बाप रे, कितने लोग आएं है रे खाना बनाने के लिए? ये तो २०-२५ लोग दिख रहे है!'

बबलू भैया आश्चर्य हो के बोले।

'हाँ तो, गेस्ट भी तो लगभग नौ सौ आएंगे ना!'

इतना तो होना ही था। घर के सभी के जानपहचान के लोगो को बुलाने पर इतना तो होगा ही।

देखा एक बड़ा सा गेट भी रंगीन कपड़ो से बनाया गया है। ऊपर चौकी जैसी भी लगा हुआ है, तीन चार लोगों के बैठने के लिए।

'अरे वहां कौन बैठेगा शीनू?' बबलू भैया ने फिर से पूछा।

मैं भी सोच ही रही थी कि वहां कौन बैठेगा की उसी समय एक गाड़ी आई और उसमे से चार लोग कुछ बाजे का बक्सा ले कर उतरे। और सीधे सीढ़ी लगाकर उस चौकी पर चढ़ गए। हम सब सिर ऊपर कर आंखे टिकाए देख जा रहे थे क्या होनेवाला है। वो लोग जब अपने अपने डब्बे से सामान निकालने लगे तो पता चला की ये तो शहनाई वाले है। मुझे पता था इन सब को भी बुलाया गया था, लेकिन ये लोग वहां बैठेंगे ये पता नहीं था। झटपट तैयार हो कर वो बजाना शुरू कर दिए। मजा आ गया जब उन्होंने बजाना शुरू किया। वैसे तो शहनाई से मुझे ख़ास लगाव नहीं है लेकिन इस माहौल में अच्छा लग रहा था सुनने में। हम सब मजे ले ही रहे थे की माँ की आवाज आई।

'अरे तुम लोग जल्दी आ के नास्ता कर लो, फिर नहाके तैयार हो जाओ, हल्दी शुरू होने वाली है'

हम सब अच्छे बच्चो की तरह भागे। कम से कम मैं तो कोई भी रस्म छोड़ना नहीं चाह रही थी।

मैं घर में घुसने ही वाली थी की पीछे से मीणा अंकल की आवाज आई।

'शीनू बेटा, पापा अंदर हैं? जरा बुला देना उनको' जीप से उतरते हुए अंकल बोले। अंकल वर्दी में थे। पता नहीं क्यों दिल धड़क उठा।

'जी अंकल अभी बुलाती हूँ।'

'आप भी ना, बच्ची से काम करवाते हो। रुक जा शीनू बेटा मैं बुलाती हूँ'

मैंने ध्यान नहीं दिया था की आंटी भी साथ में आई थी।

'अरे मैं काम कहाँ करवा रहा हूँ। पापा को ही तो बुलाने के लिया बोला मैंने'

पुलिस के बढ़े अफसर मीणा अंकल, मीणा आंटी से बहुत डरते है। मेरे पैर तो वहीं रुके हुए थे। क्या बात है, मुझे सुनना है। मैं बरामदे के खम्भे के पीछे चली गई। यहाँ से सब कुछ सुनाई देगा मुझे। थोड़ी देर में ही बाबा आ गए। बाबा की शक्ल पर चिंता साफ साफ झलक रही थी।

'सुन जग्गू, तू ठीक ही कह रहा था। कुछ गढ़बढ़ होने वाली है। खबर मिली है यूनिवर्सिटी की यूनियन के सारे स्टूडेंट्स, नेताजी के घर के सामने कुछ हंगामा करने वाले है। शायद कल ही करेंगे। इतनी ही खबर मिली है अब तक'

अंकल इतना कह कर रुके।

'इसमें अर्जुन भी शामिल है?' बाबा ने पूछा।

'इतना तो पता नहीं। लेकिन उनलोगो का नेता संतोष झा अपना पैर राजनीती में जमाना चाहता है। ये मौका वो छोड़ेगा नहीं। फंसेगे ये बच्चे और बाकि लोग। वैसे तेरी वाइफ भी तो इस यूनियन में है ना?'

'हाँ भैया, अब आप ही बताओ क्या करूँ?' बाबा को इतना असहाय कभी नहीं देखा था मैंने।

'फ़िक्र ना कर, जैसे-जैसे होता है तुझे खबर देता रहूँगा। जरुरत पड़े तो दोनों को कुछ दिन के लिए यहाँ से हटा लेना। वैसे हालात

अभी इतना बुरा बना नहीं है। तू शादी पर ध्यान दे, मैं सम्हाल लूंगा सब। कल की कल देखी जाएगी'

बाबा की पीठ पर हाथ रखते हुए अंकल बोले और जीप में चढ़ गए।

मीणा अंकल जाते ही मैं खम्भे के पीछे से निकल आई। बाबा मुझे देखकर इशारे से नजदीक बुलाएँ।

'शीनू, जो भी सुना है, अपने मन में ही रखना, किसीको बताना नहीं। वैसे भी अभी कोई आंच नहीं आनेवाली है हमारे ऊपर। तू बस डर मत। सब ठीक हो जायेगा'

बाबा प्यार से बोले लेकिन मुझे ना डरने का कोई पुख्ता कारण भी तो नजर नहीं आ रहा था।

'अरे शीनू तू अभी तक यहीं है? जा-जा अंदर सब तुझे ढूंढ रहे है' छोटे चाचू बाहर निकल रहे थे मुझे देखकर वो बोले और पार्क के तरफ चले गए।

अंदर अभी भी हल्दी की रस्म चल ही रही थी। लेकिन हालात तो कुछ होली से कम नहीं थे। सारे लोग हल्दी के पीले रंग से रंगे हुए थे। फिर मैं कैसे बचती। खूब जमके होली मना ली हमलोगो ने जबतक बड़े पापा आके हमें नहीं रोके। अब हम हटेंगे तभी ना यहाँ शादी का मंडप बनेगा। पंडाल वाले साजो-सामान लिए हमारे हटने का इंतज़ार कर रहे थे।

"चलो सब नहाने जाओ।' माँ सबको नहाने के लिए भेज कर मुझे साथ लिए अपने कमरे में आ गई। अलमारी से मेरे लिए नए पीले रंग का चूड़ीदार सूट निकाल कर रखा था। रात के लिए अलग कपड़े हैं। मैं खुद पसंद की थी। जामुनी रंग का लहंगा।

'क्या हो गया है तुम्हें? बुझी बुझी सी लग रही हो? किसी ने कुछ कहा है क्या?'

माँ बिस्तर पर पड़े कपड़े उठाती हुई मुझसे पूछी।

'नहीं माँ, मुझे कोई क्यों कुछ बोलेगा। यूँ ही, दीदी शादी करके चली जा रही है ना, इसीलिए शायद।'

ये बात भी तो सही है, बाकि जो कुछ चल रहा है सब कुछ मिलीजुली वजह है। चलो कम से कम माँ के सामने झूट तो नहीं बोली। लेकिन माँ तो माँ ही है, शायद विश्वास नहीं हुआ। एक गहरी नजर मेरी तरफ देते हुए बोली

'अच्छा ठीक है, तैयार हो कर नीचे जाओ। अलमारी से परफ्यूम लेकर लगा लेना और एक हलकी सी पीली बिंदी भी लगा लेना, अच्छी लगोगी'

मेरे गाल पर हलकी सी थपकी देकर वो नीचे भागी।

घर में सभी लोग अपने अपने काम को लेकर व्यस्त है लेकिन बड़ी माँ की आवाज सबसे ज्यादा आ रही थी नीचे से। लग रहा है रसोइये महाराज पर टूट पड़ी हैं। जरूर कुछ गलती किया होगा। नीचे भागी भागी आई तो देखा की एक हाथ में बड़ी सी त्रिशूल सा दिखने वाला कलछी हिला हिला कर बड़ी माँ अखाड़े के पहलवान जैसे दिखने वाला रसोइए पर बरस रहीं है।

'अरे नामाकूल, काले और पीले रंग का फर्क पता नहीं है क्या? बनाना था पीली दाल और बनाये हो काली दाल। आज ये सारी की सारी दाल तुम खाओगे। समझे?'

रसोइया महाराज घबराये हुए नज़रों से एकबार बड़ी माँ के तरफ और एकबार कम से कम पचास लोगो के लिए बनी काली दाल को घूर रहा था। अगर सच में उसे पीना पड़ा तो ये ज़िन्दगी का आखरी दाल पीना होगा उसके लिए। कहीं से माँ आ गई और हालत को सम्हाल ली।

'दीदी आज सबको काली दाल ही लेने दो ना। हाजमे की लिए अच्छा होगा। देखो वैसे भी सुबह पूरियां खा के सब के पेट फूल

गए है। रसोईया महाराज, आप ऐसा करो थोड़ी हींग का तड़का लगा दो इसमें। सही रहेगा ना, क्यों दीदी?'

बड़ी माँ को माँ की बात में दम दिखा। उधर रसोइया महाराज को भी फेफड़ें के अंदर रुकी हुई साँस को फिर से छोड़ने की हिम्मत मिली और बड़ी माँ से नजर बचाकर माँ को सलाम कर शुकिर्या जताया।

'लेकिन....' बड़ी माँ कुछ कहना चाह रहीं थी लेकिन माँ उन्हें बीच में ही रोक दी।

'दीदी, आज अनु की शादी है आप बल्कि उसी के पास रहो। उधर आपकी बड़ी दीदी के पतिदेव फिर से हंगामा कर रहें है की काल रात को मच्छरो ने उन्हें सोने नहीं दिया है। आप बल्कि उनको सम्हालो, मैं इधर देखती हूँ।'

'क्या? वो बुड्ढे के फिर से पंख निकल आए है? देखती हूँ उसे, नाक में दम कर रक्खा है ये, अच्छा हुआ दीदी स्वर्ग चली गई है। कम ही दिन झेलना पड़ा है उसे।'

बड़बड़ाती हुई बड़ी माँ आंगन से निकल कर जाने लगी। अनजाने में ही शायद वो भयंकर कलछी हाथ में लिए अपने बहनोई को सीधा करने जा रहीं थी। माँ आराम से उनके हाथ से कलछी ले लीं और रसोईये महाराजजी के हाथ में थमा दि।

१०. बाराती तो आ गए लेकिन सोनादादा कहाँ?

शाम होते होते एकदम से थक के चूर हो गई थी मै। लेकिन असली शादी तो अब शाम को है। यही सोच कर सारी थकान अपने आप गायब हो चुकी थी। दोपहर को खाना खाने के बाद माँ कई बार कह चुकी थी की एकबार थोड़ी देर के लिए ऊपर जा के सो लूँ। लेकिन फुर्सत कहाँ है?

वैसे देखा जाए तो फुर्सत किसी के पास नहीं है। हर कमरे में कुछ ना कुछ चल रहा है। बड़े पापा किसी कमरे में अपने हमउम्र लोगो के साथ सलाह मसवरा कर रहे है। उस कमरे में ही सबसे ज्यादा चाय और सिगरेट की खपत हो रही है। बाबा इसलिए एक आदमी को ही लगा दिए है वहां, फरमाइश की चीजों की आपूर्ति के लिए। वजह, वह चाहते हैं की उस कमरे में बैठे लोग उसी कमरे में टीके रहें| जितना कम बाहर आये उतना अच्छा है।

किसी कमरे में माँ-मौसी-चाचीओं की जमघट। गौर करनेवाली बात ये है कि उस कमरे में सब बोल रहे है, सुननेवाला कोई नहीं है। वहां भी चाय पान आदि की खपत हो रही है लेकिन थोड़ी कम।

एक कमरे में दीदी और उनकी सहेलियां। वही ही-ही खि-खि| मैं कई बार उस कमरे के अंदर गई लेकिन दीदी ने मुझे देखकर भी अनदेखी कर दिया। इसे कहते है वादा तोड़ना। रात को क्या बात हुई थी, भूल ही गई?

बाकि कमरों का भी वही हाल है। कुछ ना कुछ चल ही रहा है। मेरी बरसाती तो अब रोज के खाना बनानेवालें रसोइये के हवाले है।

मिठाइयां तो उसी ने बनाई है और वो सब उसी कमरे में मौजूद है और ताला बंद है। भैया लोग काफी कोशिश करने के बावजूद, एक भी मिठाई को हाथ नहीं लगा पाए हैं। पता नहीं उस बंद कमरे में जीनु दादू अकेला क्या कर रहें है। बेचारे की खबर काफी दिनों से ली नहीं मैंने।

आस परोस के कई अंकल आज ऑफिस से छुट्टी लेकर हमारी कोठी में ही आए हुए हैं। दासगुप्ता दादा के बेटी की शादी है, कोई मजाक थोड़े ही है। मनीष के पापा भी यहाँ बाबा के काम में हाथ बटा रहे हैं। मनीष भी कई बार आ चूका है। सुबह का नास्ता करके गया था, बोला था लंच में नहीं आऊंगा। आंटी के साथ सरोजिनी नगर मार्किट जाना है। आंटी को सुबह ही पता चला है कि साड़ी के साथ ब्लाउज़ मैच नहीं कर रहा है।

इधर सुनने में आया है दोपहर को जब हल्दी और गिफ्ट का सामान लेकर कुछ लोग लड़केवाले के घर जा रहे थे की ऐन मौके पर बड़े पापा की प्यारी गाड़ी धोखा दे दी थी। हजार कोशिश करने पर भी चालू होने का नाम ही नहीं ली। बड़ी मुश्किल से इधर उधर से गाड़ी का जुगाड़ कर सब गए। बेचारे बड़े पापा की क्या दुर्गति की होगी बड़ी माँ, ये तो भगवान ही जाने।

शाम के ६ बज चुके है। गर्मी का मौसम है। आसमान में अभी भी सूरज की रौशनी बनी हुई है। बाराती सुनने में आ रहा है की ७ बजे तक पहुँच जायेंगे। लगन का समय ८.३५ पर है। होनेवाले जीजू के घर से फ़ोन आया था कि बाराती निकल चुके है। तिमारपुर से दरयागंज ज्यादा दूर तो नहीं है लेकिन झंडेवाला चौक से आने पर थोड़ा ज्यादा समय तो लगेगा ही। ऐसा बाबा, बड़े पापा से कह रहे थे। फिर भी तैयार तो रहना पड़ेगा। शादी की शाम के लिए मैंने ख़ास लहंगा सिलवाया था, गाढ़े जामुनी रंग के साथ में हरे रंग का दुपट्टा। दीदी और माँ को बहुत पसंद आया था। वैसे मुझे पीले रंगवाली ज्यादा पसंद थी लेकिन ये भी अच्छा है।

माँ भी मेरे साथ तैयार हो रही थी।

'माँ, तुम ना लाल रंग की साड़ी पहनो। सुन्दर लगोगी।'

'पगली कहीं की, अभी तो शादी के लिए बड़ी दीदी मेरी पसंद की हलकी नीले रंग की बनारसी साड़ी दी है। तू भी तो उस समय इसे ही पसंद की थी? अब उसे छोड़ लाल रंग की साड़ी कहाँ से लाऊँ?'

माँ मुस्कुराती है तो कितनी सुन्दर लगती है। वैसे माँ को मैने कभी भी लाल साड़ी में देखा ही नहीं। यूनिवर्सिटी जाती है तो सफ़ेद साड़ी नहीं तो हलके रंग की साड़ी में ही जाती है। कोई फंक्शन में भी जाती है तो बिलकुल लाइट रंग के कपड़े पहना करती है। मैं जब बड़ी हो जाउंगी और नौकरी करुँगी तब एकदम लाल साड़ी माँ को खरीद दूंगी। मन ही मन तय कर लिया। कहीं लिख के रखूंगी नहीं तो भूल जाउंगी।

कपड़े वगैरा पहनने के बाद माँ बाल सवारने लगी।

'सुन, बाल ऐसे ही खुला छोड़ दे, अच्छी लगेगी'

'माँ तुम भी खुला रखो ना, अच्छी लगोगी'

'चल पगली! ठीक है तू कह रही है तो रखती हूँ फिर'

हम आपस में सज संवर रहे ही थे कि दरवाजे से ममेरे भाई लोगो की आवाज आई

'शीनू, तैयार हो गई हो तो नीचे आ जा'

'हां, आ रही हूँ, माँ जल्दी करो ना'

'ठीक है जा, लेकिन लहंगा सम्हाल के चलना, पैर में फ़साना नहीं'

'हां माँ'

मैं दरवाजा खोल कर नए जुते के साथ जितनी जल्दी हो सके नीचे भागी।

बाहर से घर कितना सुन्दर लग रहा है। रंगीन बल्बों से सजा घर जैसे खुद दुल्हन बन बैठा है। दुल्हन से याद आया की दीदी दुल्हन जैसी सजने सवरने के बाद के बाद कैसी लग रही है वो तो मैंने देखा ही नहीं।

मेरे कहने पर भाईलोग भी तैयार हो गए दीदी को देखने जाने के लिए। दीदी नीचे के ही एक कमरे में सज के बैठी हुई थी। ब्युटिशियन का काम अभी भी चल रहा था, लास्ट टच जिसे कहते हैं। कितनी सुन्दर लग रही है दीदी। दीदी एकबार आंख उठाकर मुझे देखी और इशारे से बुलाई। मैं उसके पास जा कर बैठी।

'कितनी सुन्दर लग रही है रे तू

मेरा गाल पकड़ कर एक हलकी सी चुम्मी दी मुझे।

'तुम भी तो एकदम रानी जैसी लग रही हो'

मैंने भी पलट कर दीदी के गाल पर चुम्मी दी।

पता नहीं क्यों गले में एक गोला जैसा अटक रहा था, जैसे रोना आने पर होता है।

दीदी शायद भांप गई। उसकी भी आँख छलछला गई और मेरे तरफ देखने लगी।

'तू अकेले माँ बाबा और सबका ध्यान रखेगी ना मेरे जाने के बाद?'

'हां तो, रखूंगी ना, गॉड प्रॉमिस' अब आंसू रोकना मेरे लिए मुश्किल होता जा रहा था।

'दीदी, अब मैं बाहर जाऊं? सब इंतजार कर रहें है ना। वैसे भी तुम अब रोओगी तो सारा मेकअप निकल आएगा।'

दीदी मुस्कुरा दी। वहां से अब भाग जाना ही ठीक रहेगा मेरे लिए।

बाहर शहनाई बज रही थी। धुन कुछ अजीब सी लग रही थी। थोड़ी सी उदासी, थोड़ी सी ख़ुशी, शायद मिली जुली कुछ।

हम सब पार्क के अंदर पंडाल में चले गए। सब दोस्त लोग मेरा इंतज़ार कर रहे थे।

'वो सुदक्षिणा आ गई' का आवाज लगाकर मेरा स्वागत किया सभी ने। मुझे थोड़ी शर्म सी लग रही थी। मनीष भी बड़ी ही अजीब नज़रों से मुझे देख रहा था। हम सब बैठ कर गप्पे लड़ाने लगे। बस इधर उधर की बातें। बारात आने ही वाली थी। टाइम तो हो गया है। हमारी बाते चल ही रही थी कि मैंने देखा सोना दादा के कॉलेज के एक दोस्त बाइक लेकर आये और गेट से थोड़ी दूर उसे स्टैंड कर पंडाल में घुस गए। इन्हे मैं जानती हूँ, सतीश भैया। हमारे कॉलोनी में ही रहते है और अक्सर उनका आना जाना होता है। मैं उठकर उनके पास गई।

'नमस्ते सतीश भैया'

सतीश भैया कुछ बोले नहीं बस सिर हिलाकर मेरी तरफ एक नजर दिए और इधर उधर देखने लगे।

'आप किसी को ढूंढ रहें है? सोना दादा को?'

उन्हें देख के तो नहीं लग रहा था की शादी में आएं है। लिबास एकदम गन्दा सा था।

'हाँ, तेरे भैया कहाँ है? बुलाना उसे जरा'

वैसे ही इधर-उधर देखते हुए बोले। बाबा वही से गुजर ही रहे थे की सतीश भैया को देख कर रुक गएँ।

'क्या बात हैं सतीश? इतने घबराये से क्यों दिख रहे हो?'

सतीश भैया मेरी तरफ देख कर बोले

'तू जा जरा यहाँ से'

मुझे सच में गुस्सा आया। घर में अगर कोई जरुरी भी बात होती है तो कोई मुझे जाने के लिए नहीं बोलता है। मैं वहां से हट गई और दोस्तों के बीच जा कर बैठ गई। लेकिन मेरी नजर उनकी तरफ ही थी और समझने की कोशिश कर रही थी क्या बोल रहें है। कुछ पल बातें होने के बाद दोनों पंडाल के पीछे चले गएँ जहाँ सोना दादा कैटरिंग वालो के साथ थे। मैं फिर उठकर पंडाल के पीछे गई। देखा तीनो आपस में बातें कर रहे है। बाबा कुछ ज्यादा ही परेशांन नजर आ रहे थे, जो वो कभी भी नहीं होते है।

एक हलकी सी घबराहट मेरे अंदर भी होने लगी। तीनो पंडाल के पीछे से सामने आएं। सतीश भैया ने जल्दी से अपनी बाइक चालू की और सोना दादा को लेकर वहां से निकल गएँ। मैं भागी भागी बाबा के पास गई।

'बाबा, क्या हुआ सोना दादा कहाँ चले गएँ? अभी तो बारात आने वाली है ना?'

'कुछ नहीं शीनू, कुछ काम आ गया है इसीलिए सोना, सतीश के साथ कॉलेज गया है। बस थोड़ी देर में ही वापस आ जायेगा। देख दूर से पटाखे और बैंड की आवाज आ रही है, तू भाग के जा और अंदर जा के बोल दे की बारात नजदीक आ गई है। सब तैयार हो जाएँ। और सुन सोना की बात किसी को नहीं बताना मेरी अच्छी बच्ची, ठीक है?'

बाबा इतना कहकर फिर पंडाल में वापस चले गएँ। मैं दौड़ कर अंदर गई और छोटी माँ मिली तो उन्हें बता दिया की बारात नजदीक आ गई है। लेकिन मन से डर को पता नहीं क्यों दूर ही नहीं कर पा रही थी।

दरवाजे पर बारात आ चुकी है। पटाखे और बैंड की आवाज से कान एकदम बंद हो जा रहा था। होने वाले जीजा के दोस्त और रिस्तेदार नाचे जा रहे थे। एक फूलों से सजी हुई गाड़ी में होनेवाले

जीजाजी बैठे हुए थे। हमारे यहाँ दूल्हा घोड़ी में नहीं आता हैं मगर नाच और बैंड तो चलता है। हम सब वहीं खड़े नाच के मजे ले रहें थे कि मेरे भैया लोगो को भी बारातियों ने खिंच कर नाच में शामिल कर लिया। उन लोगो का नाच देखकर सब पेट पकड़ कर हंसने लगे। इतना अजीब नाच कभी नहीं देखा था। माँ चाची भी मुँह आँचल से ढक कर हंस रहे थे। नाच तो रुकने का नाम ही नहीं ले रहा था। बाबा और छोटे चाचू ने बड़ी मुश्किल से सबका तांडव नाच रोका। लगन का समय हो आया था देर नहीं करनी है। बाराती पंडाल में बने बैठने की जगह पर चले गए और नास्ता पानी शरबत पर अपना ध्यान देने में जुट गए। इतने नाच के बाद भूख तो लगनी ही थी। दूल्हा भी वही पर बने, एक फूलो से बने मंच पर बैठ गया। बाकी कुछ लोग पंडाल के पीछे चले गए। मुझे पता है वहां क्या चल रहा है। शादी में तो चलता ही है। ये वही लोग थे जो बारात में ज्यादा नाच रहे थे। बड़ी माँ और माँ दूल्हे का स्वागत करने की सजी हुई थाली लेकर जीजाजी के नजदीक कुछ कर रही थी। साथ और भी लेडीज लोग थी। उतनी दूर से कुछ समझ नहीं आ रहा था। हम सब वापस अपनी जगह पर आ कर फिर से बैठ गए और बातें करने लगे।

अब तक बारात की गहमा गहमी में पिछली बातें भूली हुई थी। जैसे ही सब शांत हुआ फिर से दिमाग में सोना दादा की याद आने लगी। मैं एकबार पूरा पंडाल घूम के देख आई लेकिन सोना दादा कहीं नहीं दिखे। बबलू दादा और सब भाई अभी जहाँ शादी चल रही है वहीं होंगे। दोस्त लोग भी खाना खाके चले गए हैं, सिवाय मनीष के। वो भैया लोगो के ग्रुप में अच्छा खासा घुलमिल गया है और ज्यादातर समय उन्ही के साथ दिख रहा है।

लगभग सभी आये हुए गेस्ट लोग खाने में ब्यस्त दिख रहे है। मैं जाने पहचाने लोगो को मुस्कुराते हुए हाथ जोड़ के नमस्ते कह रही थी, लेकिन थोड़ी देर बाद गाल में दर्द ही हो गया इतनी

देर तक मुस्कुराते हुए। एक कोने में खड़ी ही हुई थी कि पीछे से मनीष ने आ कर मेरे बाल खींचे और बोला

'तू तो आज एकदम अलग दिख रही है?'

इसका मतलब मैं सुन्दर दिख रही हूँ? हे भगवान, ये मनीष ही बोला ना? मैं कुछ जवाब देने ही वाली थी की वो बोला

'ज्यादा खुश मत हो, हरे रंग के पत्तो के साथ जामुन का गुच्छा लग रही है तू'

सोचा था दो लप्पड़ लगा दूँ, लेकिन तबतक वो वहां से खिसक चूका था।

११. ये तो होना ही था

रात के ११ बज चुके हैं। अधिकतर गेस्ट जा चुके है, बस, घर के लोग और आस पड़ोस के लोग ही रह गए है शादी देखने के लिए। आखिरकार वो भी चले जायेंगे। लेकिन मैं तो सोना दादा को ढूँढ रही हूँ। वो जो गए थे दोस्त के साथ फिर दिखे ही नहीं। अपनी बहन की शादी में भी नहीं दिखे। बड़े पापा, बड़ी माँ कई बार बाबा से पूछ चुकें है। शादी के रस्म में उनकी जरुरत थी। लेकिन बाबा इधर उधर की बातो से उनको टाल दिए। मुझे लगा बाबा कुछ छुपा रहें है।

मैं अब बाबा को ढूंढ़ने लगी। पार्क के आस पास झाँका तो दूर पार्क के एक कोने में कमर पर दोनों हाथ धरे वो दिखाई दिए। मैं दौड़कर उनके पास गई। बाबा मुझे दूर से ही देख लिए थे आते हुए। इशारे से मुझे अपने पास बुला लिए। नजदीक आई तो वो मुझसे लिपट कर कुछ देर चुपचाप खड़े रहे। फिर बोले

'शीनू, तुझे कुछ ठीक नहीं लग रहा है, ना रे?'

'हाँ बाबा। सोना दादा की चिंता हो रही है'

'मुझे भी, देख ना वो सतीश के साथ हॉस्टल गया था। कुछ जरुरी काम था, तब से देख, अभी तक आया नहीं। हॉस्टल में भी फ़ोन किया था, किसी ने नहीं उठाया'

'लेकिन दादा को हुआ क्या था?'

इतना पूछा ही था की मीना अंकल हमारी तरफ आते हुए दिखाई दिए। शादी में आंटी को पहुंचाकर वो ड्यूटी पर चले गएँ थे।

कुछ जरुरी काम आ गया था। पार्क के कोने में उनकी पुलिस की जीप दिखी। पीछे पीछे एक पुलिसवाला भी आ रहा था।

'जग्गू, अच्छा हुआ तू यहाँ मिल गया वरना अखिल भाई से बात करना मेरे लिए मुश्किल हो जाता।'

'भैया, सब ठीक है ना?' अब बाबा घबड़ा रहे थे।

'देख, क्या कहूं मै, कुछ हंगामा होनेवाला था ये तो खबर थी लेकिन बात यहाँ तक पहुंचेगी ये अंदाजा नहीं था। उस हरामजादे संतोष झा का किया धरा है सब।'

थोड़ा दम ले के मीणा अंकल बोलने लगे।

'ये संतोष झा स्टूडेंट्स को तो भड़का ही रखा था तुर्कमान गेट के काण्ड से। आज दोपहर को यूनिवर्सिटी कैंपस में काफी उत्तेजित और भड़काऊ भाषण दिया और उन्हें उकसाया। जिस महिला नेता ने तुर्कमान कांड करवाया था, वो कैबिनेट मिनिस्टर के बेटे के नजदीकी कार्यकर्ता थी। उसी महिला की अरेस्ट की मांग लेकर सीधा मिनिस्टर के घर पर हमला बोल दिया सारे स्टूडेंट्स ने। ऊपर से मिनिस्टर के बेटे की मनमानी के लिए मिनिस्टर के इस्तफे की मांग भी कर बैठे और बात इतनी बढ़ गई की लड़के पत्थरबाजी पर उतर आये। फिर क्या था, पुलिस ने जमकर लाठियां बरसाई। काफी स्टूडेंट्स घायल हुए। संतोष तो पहले ही वहां से भाग गया था, फंसे यह बेचारे स्टूडेंट्स लोग। फिर भी चलो, ये अंदाजा लगा लिया था हमारे डिपार्टमेंट ने की शायद बात यहीं ख़त्म हो गई है। लेकिन मिनिस्टर साब का बेटा कहाँ मानने वाला था, उन्होंने पुलिस को आर्डर दिया की हॉस्टल में हमला करो और वहां से उनलोगो को चुन चुन के ले आओ और अच्छी तरह मरम्मत करो।'

इतना कहकर मीणा अंकल हांफने लगे। उनके साथ आए पुलिसवाले दौड़ के जीप से पानी की बोतल ले आये और अपने साब

के आगे बढ़ा दिया। अंकल की भी उम्र हो गई है, कुछ ही महीने में रिटायर करनेवाले है। पानी पी कर थोड़ी देर चुप रहें फिर बोले।

'वैसे मेरे अपने लोग भी वहां थे, उनके हिसाब से पत्थरबाजी स्टूडेंट्स नहीं बल्कि संतोष झा के लोग ही कर रहे थे। अब ये तो पता चला है कि अर्जुन को भी पुलिस उठा ले गई है बाकियों के साथ। मैं कोशिश कर रहा हूँ पता करने की उसे किस थाने में ले गए है क्योंकि सभी स्टूडेंट्स को एक ही थाने पर नहीं ले गए है। अब क्या बताएं?, हमारे डिपार्टमेंट में भी तो उनके कुछ चमचे हाजिर है और मिनिस्टरों के इशारे पर नाचते हैं। जग्गू भाई तू फिलहाल ऐसा कर, घर जा और अखिल और भाभी को सम्हाल। मैं अर्जुन का पता लगा के तुझे खबर भिजवा दूंगा। और हाँ ये कहानी और कितनी खिंचेगी पता नहीं। मेरी बात मान, तू छोटी बहु, कल्पना को भी जितनी जल्दी हो सके यहाँ से हटा ले। हालत कुछ ठीक नहीं है, कब क्या हो जाये, समझे ना मेरी बात? चल अब मैं चलता हूँ'

ये सुन कर मेरी रूह तक काँप उठी। हे भगवान! माँ को भी पुलिस पकड़ के ले जाएगी? बाबा और मैं निश्चल खड़े मीणा अंकल को जाते हुए देख रहे थे। जीप के ऊपर लगी लाल बत्ती धीरे धीरे छोटी होती गई और अगले मोढ़ पर आँखों से ओझल हो गई।

बाबा अचानक ही धम से जमीन पर बैठ गए। मैंने जल्दी से उनको पकढ़ लिया।

'मैं ठीक हूँ बेटा, तू जाके चुपके से एक पानी की बोतल ले आ। देखना किसी को पता ना चले'

मैं पास में ही पड़ी टेंटवाले की चेयर बाबा के पास ले आई और उनको सहारा देकर बैठाया और भागी घर की तरफ पानी लाने। नसीब तो ख़राब चल ही रहा था। सारे लोग बैठक के कमरे में मौजूद थे।

'शीनू, तेरे बाबा नहीं दिख रहे है? कहाँ है वो?' बड़े मामा ने रास्ता रोक दिए।

'ये पानी कहाँ ले जा रही है?' बड़े पापा का प्रश्न कुछ अलग था। उनकी आवाज में कुछ था की मैं झूट नहीं बोल सकी।

'बाबा को चाहिए'

बस इतना बोली ही थी कि बड़े पापा उठ कर सीधे पार्क की तरफ भागे। बाकि लोग भी उनके पीछे पीछे आ गए।

दूर से ही दिख रहा था बाबा सिर पर हाथ रखे कुर्सी पर बैठे हुए थे। ये देख बड़े पापा का उतावलापन और भी बढ़ गया।

'क्या हुआ जग्गू? तेरी तबियत तो ठीक है ना? ऐसे क्यों बैठा है रे?'

'अभी सब अंदर चलिए बताता हूँ। सारे दिन का थका हूँ ना, इसलिए थोड़ा बैठ गया था। चिंता की कोई बात नहीं है'

बाबा धीरे से बोले और कुर्सी से उठ कर जाने लगे। बाबा को बड़े पापा और मामाजी सहारा देने के लिए हाथ बढ़ाये तो बाबा मना कर दिए और बोझिल कदमों से घर की तरफ चलने लगे। सारे लोग चुप थे। वैसे देखा जाए तो ज्यादातर रिस्तेदार दीदी के विदा होने के बाद चले ही गए थे। बस, दोनों मामा और उनके परिवार के लोग ही थे। उनका जाने का प्लान कल का है।

हम सब बैठक कमरे में आ गए और सभी को जो भी जगह मिली, बैठ गए। सब चुप चाप थे। सबकी प्रश्न भरी नजर बाबा की तरफ टीकी हुई थी। मैंने एकबार चारो तरफ नजर घुमाई। बड़ी माँ, माँ और छोटी माँ दरवाजे के पास खड़े थे। माँ पंता नहीं क्यों जरुरत से ज्यादा शांत दिख रही थी। बाबा कुछ बोले थे क्या? मुझे पता नहीं। शायद सोना दादा की खबर माँ तक पहुँच चुकी थी। ये मेरा अंदाजा था।

बाबा शुरू से लेकर अब तक जो कुछ भी हुआ है धीरे धीरे सब को बता रहे थे।

बड़े पापा की शक्ल मुझसे देखी नहीं जा रही थी। एक तो शादी की सारी थकान ऊपर से ये खबर। इस वक़्त सच में सोना दादा के ऊपर गुस्सा आ रहा था।

बड़े पापा पूरी बात सुनने के बाद एक ही बात बोले।

'ऐसा तो होना था जग्गू 'और चुपचाप कमरे की छत की तरफ देखने लगे।

बड़ी माँ अचानक दरवाजा पकड़ कर जमीन पर बैठ गईं। कुछ नहीं बोल रही थी वो। एकदम शांत। माँ भी धीरे से बड़ी माँ की बगल में बैठ गईं। मैंने बाबा की तरफ देखा तो दिल काँप उठा। बाबा, माँ के तरफ कड़ी नज़रों से देख रहे थे। मुझे लगा बाबा सारा दोष शायद माँ पर थोंप रहें है। माँ भी एक दृष्टि से बाबा की तरफ देख रहीं थी। आँखों में आंसू झलक रहे थे। होंठ हलके-हलके काँप रहे थे। मुझे कुछ ठीक नहीं लगा। मैंने माँ के कंधे में धीरे से हाथ रख धीरे से उनको झकझोरा।

'माँ, माँ!'

माँ बिना पलक झपकाए बाबा को देख रहीं थी लेकिन एक हाथ से मेरे हाथ को थाम ली और वैसे ही बैठी रहीं। मुझे कुछ सूझ नहीं रहा था की क्या करूँ। मैं भी माँ की बगल में जमीन पर बैठ गई।

सारा कुछ सुनने के बाद बड़े पापा फ़ोन करने के लिए उठ ही रहे थे की फ़ोन बज उठा। दूसरी तरफ दीदी थी।

'हाँ हाँ सब ठीक है'

'नहीं अभी नहीं आया है, आ जायेगा ना, तू फ़िक्र क्यों कर रही है?'

'ठीक है, तुम चिंता मत करो'

'हाँ रे, जैसे ही आएगा बात करवा देंगे। वहां सब ठीक है?'

बड़े पापा शांत भाव से बात कर रहें थे। दीदी तो बार बार बिदाई के समय भी भाई के लिए पूछ रहीं थी। किसी तरह उसे मनाया था सभी ने।

रात काफी हो चुकी थी। रात क्या? बल्कि सुबह ही होने वाली थी। सब चुप चाप अपने अपने कमरे में चले गएँ। कुछ इस इरादे से शायद वो हमें अकेला रहने देना चाहते थे। कमरे में बस मैं, बाबा, माँ, बड़े पापा, बड़ी माँ, छोटे चाचू और छोटी माँ रह गए थे। बड़े पापा पहले उठे थे फ़ोन करने के लिए फिर दीदी का फ़ोन आने से उनसे बात कर फिर वापस अपनी जगह आ गए थे। उन्हें शायद फिर याद आया होगा तो वापस वो फ़ोन के पास गए और नंबर घुमाने लगे। हमलोग उनकी तरफ ही देख रहे थे।

'हां मीणा! सॉरी यार, तू सो गया था शायद। क्या करूँ यार घर पर सब परेशान है। तू बता कोई खबर मिली?'

जैसा सोचा था, वो मीणा अंकल को ही फ़ोन कर रहे थे।

दो तीन बार 'हाँ, ना, अच्छा' बोलने के बाद बड़े पापा ने फ़ोन क्रेडल पर रख दिया और वापस बैठ गए।

'अभी तक कोई खबर नहीं मिली है। अभी थोड़ी देर पहले ही वो घर वापस आया है। कौन से थाने में है अभी भी पता नहीं चल पाया है। काफी कोशिश कर रहा है वो। जल्दी ही मिल जायेगा। तुम लोग चिंता मत करो।'

सब कोई बाबा की बात सुन तो रहे थे लेकिन किसी ने ना कोई प्रश्न किया या ना कोई बात कहीं। कमरे में सन्नाटा छाया हुआ था। आने वाले दिनों में हमारे ऊपर क्या क्या संकट आनेवाला है शायद इसी सोच में सब डूबे हुए थे।

मैं बाबा के कहने पर सोने चली गई थी लेकिन बार बार आँखों का सामने उस दिन का दृश्य चला आ रहा था। कैसे कैसे पीटा था उन स्टूडेंट्स को थाने में ले आने से पहले। पता नहीं थाने लाकर भी उतनी ही पिटाई किये होंगे शायद उनलोगो की। क्या दादा को भी उसी तरह से मार रहे है वो लोग? हे भगवान! दादा को बचा लो।

१२. मौसम की पहली बारिश

वैसे एक बात तो जानती हूँ कि. मैं जो बात सोच कर रात को डर लगता है वही डर सुबह को सूरज निकलने के बाद नहीं लगता है। बिस्तर पर बाबा और माँ नहीं थे। शायद नीचे होंगे। बड़ी माँ पता नहीं कैसी हैं। एकबार चलकर देख आना चाहिए। लेकिन पहले एक और ज़रूरी काम है। काफी दिन हो गए है जीनु दादू से मिले हुए। बहुत कुछ बताना जो है। मैं उठकर सीधे अपने बरसाती वाले कमरे में चली गई। इधर उधर नजर दौड़ाई लेकिन जीनु दादू कहीं दिखाई नहीं दिए।

'जीनु दादू आप कहाँ हो?' मैंने धीरे से आवाज दी।

'मैं तो तुम्हारे पास ही खड़ा हूँ 'जीनु दादू की आवाज सुनाई दी।

'लेकिन आप दिखाई क्यों नहीं दे रहे हो?' मैंने फिर से चारो तरफ देखा लेकिन वो मुझे कहीं दिखाई नहीं दिए। अजीब बात है। ऐसा तो कभी नहीं हुआ?

'अभी दिखाई नहीं दूंगा ना!'

'क्यों?'

'तुम्हे बोला था ना जब तुम बड़ी हो जाओगी तब मै दिखाई नहीं दूंगा। हाँ, मेरी आवाज तुम्हे सुनाई देगी और कुछ दिन तक। जब तक तुम एकदम से बड़ी नहीं हो जाओगी'

हाँ, बड़ी तो हो गई हूँ। आजकल लोग बड़े अजीब तरह से देखते है मुझे।

'लो, ये क्या बात हुई? चलो छोड़ो ये सब बातें। तुम्हे पता भी है घर में क्या चल रहा है?'

'हां तो, मुझे सब पता है।'

'अच्छा? फिर अब क्या करूँ मैं?'

'कुछ नहीं। कोई कुछ नहीं कर सकता है। जो होना है वही होगा। तुम बल्कि जो तुम्हारे सबसे नजदीकी है उससे बात करो, दिल का बोझ कम करो।'

'मेरे सबसे नजदीकी तो बड़े पापा, माँ और बाबा है।'

'ना ना, और कोई, सोचो सोचो' मैंने महसूस किया की दादू अब सिर हिलाकर कुछ सोच रहें है और अभी कुछ पूछने वाले है।

'एक बात पूंछू? सोच के बताना, तुम लोगो के साथ सबसे बुरा क्या हो सकता है?'

मैंने थोड़ी देर सोच कर कहा

'अगर कुछ ऊंच नीच हो जाये सोना दादा के साथ?'

'अब बताओ इससे भी बुरा और क्या हो सकता है?'

'इसकी वजह से बड़े पापा और बड़ी माँ को कुछ हो जाये तो?'

'उससे भी बुरा?' फिर दादू ने पूछा।

'माँ ठीक नहीं लग रही थी, उनको कुछ हो जाये तो?'

'अब देखो, इसका कोई अंत है क्या? जितना सोचती जाओगी उतना ही ये बढ़ता जायेगा। इसलिए सोचना छोड़ दो। बल्कि दिल की बात किसी के साथ बांटो। फिर देखना मन हल्का हो जायेगा'

पता नहीं ये दादू भी कभी कभी क्या क्या अनाप-सनाप बकता रहता है। कोई सिर ना पैर। बस यूँ ही। छोड़ो इनको, मुझे अब बड़ी माँ के पास जाना चाहिए।

नीचे बड़ी माँ पलंग पर लेटी हुई थी। डॉक्टर अंकल इनका ब्लड प्रेशर देख रहे थे। इतनी तबियत ख़राब है बड़ी माँ की?

मुझे देख बड़ी माँ ने इशारे से मुझे नजदीक बुलाया। मैं नजदीक गई तो मेरा हाथ पकड़ कर अपने सीने पर रख ली और बड़े गौर से मुझे देखने लगी। मैं भी उनकी तरफ देखती रही। उनकी आँखों में दर्द दिखा मुझे। शायद उनको कोई कष्ट हो रहा था। मैं धीरे धीरे उनके सिर पर हाथ फेरने लगी। बड़ी माँ ने अपनी आंखे मुंद ली। उनकी आँखों के कोने में आंसू की बून्द दिखाई दी। मैने बगल में रखे तौलिये से उनका मुँह और आँख पोछ दी। थोड़ी देर में डॉक्टर अंकल कमरे से बाहर बड़े पापा के साथ निकल गए। मै अकेली बड़ी माँ के पास थी।

छोटी माँ एक गिलास में मौसम्बी का जूस लेकर आई बड़ी माँ के लिए। बड़ी माँ चाची को इशारे से गिलास को बगल में रखे टेबल पर रखने को बोली।

'सारा काम तू अकेले ही संभाल रही है छोटी?' धीरे से पूछी।

'काम ही क्या है संभालने के लिए? बस, रसोइये को थोड़ी बहुत हेल्प कर रही हूँ। थोड़ी देर में तो मझली दीदी भी आ जायगी' छोटी माँ मुस्कुराकर बोली।

'छोटी माँ! माँ बाबा कहाँ गए है?' अचानक मुझे उनलोगो का ख्याल आया।

'वो किसी काम से मीणा भाईसाहब के घर गए है। अभी आ जायेंगे। तू जल्दी से फ्रेश हो के किचन आ जा। नास्ता कर ले जल्दी से' चाची जाते हुई बोली।

'जा शीनू बेटा, नास्ता कर ले, और सुन, छोटी को थोड़ी मदद भी कर दे। कर पायेगी ना?' बड़ी माँ ने बड़े प्यार से पूंछा।

'क्यों नहीं बड़ी माँ, कर लुंगी। आप ही तो करने नहीं देती थी मुझे' मैं कमरे से निकलते हुई बोली। बड़ी माँ मेरी बात सुनकर मुस्कुरा दी।

'मेरी प्यारी बच्ची' बस इतना ही बोली थकी-थकी आवाज से।

मैं तैयार हो कर किचन में गई और जल्दी जल्दी नास्ता कर ली। बेचारी चाची अकेली किचन संभाल रही थी। मैं भी नास्ता कर चाची के काम में हाथ बटाने लगी। चाची कुछ नहीं बोली सिर्फ मेरी तरफ देख मुस्कुरा दी। कभी किचन का काम का काम किया नहीं था सिवाए खाने के लेकिन जल्दी ही सीख गई कैसे आलू छिला जाता है। आसान है। मामा लोग दोपहर को ट्रेन पकड़ेंगे अपने घर जाने के लिए। उनलोगो के रात का खाना पैक कर देना है। रसोइया अभी भी है लेकिन अकेला है। मैं और चाची मिलकर उनको सहायता कर रहे थे। मामा और मामी लोग कहीं गए हुए थे। वो भी आनेवाले होंगे।

बाहर ऑटो की रुकने की आवाज आई। शायद माँ बाबा आये होंगे। मेरा काम लगभग खत्म हो गया था। भागी भागी बैठक से होते हुए बाहर आई। मैं सही थी, माँ बाबा ही आएं है। मैं भाग के किचन गई और दो गिलास में ठंडा पानी भर उनके लिए ले आई। गर्मी की वजह से दोनों के चेहरे एकदम लाल दिख रहे थे। दोनो ने पानी का गिलास उठा लिया। बड़े पापा भी वहीं बैठे हुए थे और शादी में हुए खर्चा का बिल आदि देख रहे थे।

'बड़े पापा, आपके लिए पानी लाऊँ?'

'नहीं बेटा, मैंने पानी की बोतल पास ही रखी है, ये देख टेबल के नीचे' मुस्कुराते हुए बोले।

'हाँ, जग्गू, बोल क्या बात हुई मीणा से?'

बड़े पापा ने बाबा से पूछा। उनका इतना पूछना ही था कि दरवाजे पर बड़ी माँ दिखी। छोटी माँ ने किचन से ही देख लिया था की बड़ी माँ बिस्तर से उठकर इधर आ रही है। तो वो वहीं से भाग कर उनके साथ हो ली।

'अब तुम क्यों बिस्तर से उठ आई?'

बड़े पापा थोड़े गुस्से में ही बोले। लेकिन बड़ी माँ ने उनकी इस बात को खास तबज़्ज़ो नहीं दिया और बाबा की तरफ प्रश्न भरी नजरो से देखने लगी। कुछ बोली नहीं।

'भाभी आप बैठ जाओ, आराम से, मै बताता हूँ'

बाबा आगे बढ़ कर बड़ी माँ को पकढ़ के सोफे में आराम से बैठा दिए। मैं बड़ी माँ के पास बैठ गई और उनके हाथ अपने हाथ में लिए धीरे धीरे सहलाने लगी। मुझे भी सुनना है बाबा की बात। माँ और छोटी माँ दरवाजे के पास ही खड़ी थी। बड़े पापा उनको इशारे से बैठने के लिए बोले। बाबा ने पानी के गिलास से बचा हुआ पानी पीया और बोलें।

'सोना का अभी तक कोई पता नहीं चला है।' कमरे में एकदम सन्नाटा छा गया। बाबा बोलते रहें।

'वैसे मीणा भैया हर तरह से खबर लगाने की कोशिश कर ही रहे है। केवल सोना ही नहीं बल्कि उसके साथ स्टूडेंट्स यूनियन के कई और कायकर्ता भी नहीं मिल रहे है। नेता जी के इच्छानुसार उनलोगो को बढ़े ही ख़ुफ़िया तरीके से छुपा के रखा गया है। इतना तो पता है। मीणा भैया इस सिलसिले में उनके नेता संतोष झा को भी थाने बुलवाकर पूछताछ किये थे लेकिन प्रशासन के दबाव की वजह से उसको ज्यादा देर पकड़ के नहीं रख सकते थे। उनको पूरा शक है की वो संतोष झा को सब कुछ पता है। वरना सब कोई अंदर है तो वो बाहर कैसे घूम रहा है?'

बाबा कुछ पल चुप हुए। शायद आगे की बात बताने के लिए हिम्मत जूटा रहें हो?

'उन्होने ये हिदायत भी दी की कल्पना को भी यहाँ से ले जाओ अपने पास'

बाबा का इतना कहना था की माँ बोल पड़ी

'मैं नहीं जाउंगी यहाँ से! मैं पहले ही बता चूँकि हूँ आपको' मैं माँ को देखती रही।

'मैं यहाँ सबको इस हालत में छोड़ के नहीं जा सकती। मेरे साथ कुछ भी हो मुझे परवाह नहीं लेकिन इस घर से मैं अपने स्वार्थ के लिए यूँ ही नहीं जा सकती हूँ'

माँ की बात से मुझे महसूस हुआ की अब शायद फिर से बाबा और माँ की बहस शुरू हो जाएगी। लेकिन माँ की अपनी बात ख़त्म ही हुई थी की बाहर टैक्सी रुकने की आवाज आई, जरूर मामा लोग आ गए होंगे। मैं दरवाजे से बाहर झांकी तो वही थे। दोनों फॅमिली दो टैक्सी में आये थे। बड़े मामा टैक्सी का किराया मिटा कर अंदर दाखिल हुए। बाजार गए थे शायद, कुछ थैला भी साथ में था। थोड़ी बहुत बातचित के बाद बड़े पापा ने आज की खबर उनको दे दी। माँ ने भी अपनी राय दोहराई| ममेरे भैया और दीदी लोग मेरे पास बैठे थे। छोटी माँ सबके लिए पानी लाने गई थी। छोटे चाचू आंख मूंदे बैठे थे। मुझे पता है वो मन ही मन हनुमान चालीसा पढ़ रहे थे। सब सुनने के बाद बड़े मामा बोले

'देख कूशु, एक तरह से तू सही बोल रही है। लेकिन दूसरे पहलु पर भी सोच। तेरे फ़िलहाल यहाँ रहने से जुगल और अखिल दोहरी विपदा में रहेंगे। यह लोग सोना के बारे में सोचेंगे या तेरी रक्षा करेंगे? तू कॉलेज में रहते ही राजनीती में रूचि रखती थी। थोड़ा बहुत मैं भी शायद तुझे प्रोत्साहित किया करता था। मैं खुद भारतीय प्रशासनिक सेवा में था। सरकारी प्रशासनिक नौकरी में ज़िन्दगी बिता दी। लेकिन इन प्रभावशाली नेता लोग की वजह से कई बार सोचा था कि समय से पहले ही रिटायर कर जाऊं। तुमलोग सब छोटे थे, चाह कर भी कर नहीं पाया। लेकिन मन में आशा संजोये रखता था की एकदिन तुम्हारे जैसे राजनैतिक नेता इस देश को सम्हालेंगे। नेताओ की चमचे बाजी से कभी तो छुटकारा मिलेगा। हमलोग गलत नहीं थे। वो दिन जरूर आएगा

कूशु, जब देश भ्रस्टाचार से मुक्त होगा। सरकारी काम जब बिना रिश्वत के हो जाया करेगा। लेकिन उसके लिए धैर्य और समय की जरुरत है। लेकिन आज हालात कुछ और है। तुम्हे इस बात को दिल से नहीं दिमाग से सोचना पड़ेगा। तू हमारी सबसे छोटी प्यारी बहन है, हमें पता है तूम कभी गलत निर्णय नहीं लोगी। बाकि इतना तो कह ही सकता हूँ की चाहे तो तू हमारे यहाँ कुछ दिन के लिए आ जा, हम तीनो भाई बहन फिर से कुछ दिन के लिए ही सही, एकसाथ बिताएंगे। क्यों अखिल भाईसाब?'

"आप एकदम सही बोल रहे है। लेकिन क्या बताऊँ, मुश्किल की घड़ी में हम सारे भाई, बहुएं और हमारे बच्चे जब तक साथ है तबतक हर मुश्किल को जूझने की ताकत मिलती रहती है। कोई एक पास ना हो तो बेशक असहायता महसूस होती है। लेकिन अपने स्वार्थ के लिए कल्पना को रोकना भी गलत निर्णय होगा मेरे लिए। सही बताऊँ तो कुछ समझ में नहीं आ रहा है की क्या करूँ,क्या ना करूँ'

बड़े पापा की इस बात से मुझे लगा की वो काफी हद तक अंदर ही अंदर टूट चुके है। वो लोग कहते है ना की लड़के रोते नहीं है, उन्हें रोना नहीं चाहिए। कितनी गलत बात है ये। मुझे तो लगता है रो लेने से दिल कितना हल्का हो जाता है।

'आप एकदम ठीक सोच रहें है। आपलोगो का आपसी प्यार और एक साथ जुड़े रहने की वजह से मिलने वाली मानसिक शक्ति सराहनीय है। ये हम ही क्यों, सारे रिस्तेदार आपलोगो की मिसाल देते है। कूशु आपकी बेटी ही तो है। आप लोग जो निर्णय लेंगे वह सही ही होगा। ईश्वर से बस प्रार्थना ही कर सकते की सब कुछ ठीक हो जाये और आपलोग राजी ख़ुशी रहें।'

इतना कहकर बड़े मामा चुप हो गएँ। बड़े मामा और बड़े पापा तक़रीबन हमउम्र ही है। एक दूसरे को काफी सम्मान देते है। मामा जी माँ को अपनी बेटी की तरह प्यार करते है। माँ भी बहुत मानती

है मामाजी को। माँ ही क्यों? इस घर के सभी उनका काफी सम्मान करते है। बहुत छोटी उम्र में ही माँ, अपने माँ बाबा को खो चुकी थी। बचपन से शा

दी तक मामा लोगो के पास ही थी। मामा मामी की लाड़ली हैं वो। बड़े मामा कम बोलते हैं लेकिन जब भी बोलते है, सही बोलते हैं। कितनी आसानी से माँ को समझाया उन्होंने।

और भी बातचीत में काफी समय बीत चूका था। दोपहर का खाना लग गया था। हम सब खाने चले गए। मामाजी लोगो को भी निकलना है स्टेशन के लिए। वह लोग भी जल्दी जल्दी सब निपटाकर तैयार हो गए। टैक्सी भी बुला ली गई थी। बड़े पापा ने शादी की रस्म के मुताबिक सबके लिए कुछ ना कुछ उपहार खरीद रखा था। वह सारे उपहार लेकर वो भी आ गए। सबको देना जो था।

'ये क्या भाईसाहब! मेरे और आपलोगो के बीच क्या औपचारिकता का रिस्ता है? अगर है तो दे दीजिये'

बड़े मामा का इतना ही कहना था कि बड़े पापा अपने आप को रोक नहीं सके। उनको गले लगा लिए और फफक के रो पड़े। ये शायद बड़े पापा के लिए जरुरी था। बड़े मामा उनकी पीठ पर धीरे धीरे थपकियाँ देते हुए बोले

'भाई, अपने आप को मजबूत रखो। ईश्वर ने चाहा तो सब ठीक हो जायेगा। आप अपनी सेहत और सबसे जरुरी भाभीजी की सेहत पर ध्यान दो। मैं भी बहुत लोगो को पहचानता हूँ। कोशिश करूँगा उनलोगो से संपर्क करके कुछ हो सके तो। वैसे ज्यादा कुछ उम्मीद नहीं रखता हूँ उनलोगो से। जो कल तक आते जाते सलाम ठोकते थे, आज पहचान भी नहीं पाते हैं मुझे। रिटायर्ड आई.ए.एस अफसर को आजकल पूछता ही कौन है, सिवाय उस छिपकली के, जिसने मेरे सर्विस के समय के फोटोफ्रेम के पीछे घर बना लिया है।'

बड़े मामा की इस बात से सब के चेहरे पर हंसी दिखी। चलो थोड़ी देर के लिए ही सही, सब हँसे तो|

माँ तो शुरू से ही चुप थी। उनके अंदर क्या चल रहा है ये वही जानती है। सब लोग निकलने के लिए तैयार थे। बाबा भी उनलोगो को छोड़ने स्टेशन जा रहें थे। कुछ काम भी है उस तरफ। नियम और संस्कार से सभी बड़ो का पैर छूना, उनसे आशीर्वाद लेना और हम उम्र से गले लगना होता है। फिर मिलने के वादे के साथ वो लोग रवाना हो गए। उन्हें विदा कर हम सब धीरे पांव सुनी-सुनी हवेली में वापस जाने लगें। घर के दरवाजे के दोनों कोने में मिटटी के मंगल घट अभी भी लगे हुए है। पंडितजी कह रहे थे की सात दिन तक ये घट यहीं रहेंगे। गौर से देखा तो उसमे लगे आम के पत्ते सूखने लगे थे। शायद घट में रखा पानी गर्मी से सुख गया होगा। अंदर आई तो लगा घर एकदम खाली और सुना सा हो गया था। थोड़ा बहुत सामान इधर उधर बिखरा हुआ था। पार्क में पंडाल भी समेटा जा चूका था। ट्रक में लादा जा रहा था सारा सामान। उनके कर्मचारियों की आवाज और बर्तन पटकने की आवाज के सिवा और कुछ सुनाई नहीं दे रहा था।

घर के सभी चुपचाप अपने-अपने काम में जुटे हुए थे।।बड़े पापा फ़ोन पर किसी से बातें कर रहे थे। बाकि लोग सब अपने अपने कमरे में थे। एकबार सोचा माँ के पास जाऊं लेकिन पता नहीं उनका मूड अभी कैसा है। मैं छत पर चली गई और पंडाल वालो का काम देखने लगी। सूरज का ताप कम हो गया था। मंद मंद हवा चल रही थी। आसमान के कोने में काले बादल दिख रहे थे। शायद आंधी या बारिश होने वाली थी। दिल्ली का मौसम तो ऐसा ही है। एकदम गर्मी फिर अचानक आंधी के साथ बारिश। फिर एकदम से मौसम सुहाना हो जाता है।

जैसा सोचा था। देखते ही देखते जोर से धूल भरी आंधी आ गई। सब कुछ धूल की चादर से ढक गया। आँखों में धूल घुसने

लगी लेकिन मुझे वहीं खड़े रहने का मन कर रहा था। ठंडी हवा अच्छी लग रही थी। लेकिन नहीं, आंधी की वजह से ज्यादा देर रुकना मुश्किल हो जा रहा था। मैं भाग के अपने बरसाती कमरे में घुस गई। इस कमरे के खिड़की में शीशे लगे हुए है। वही से बाहर का नजारा देखती रही। बाल धूल और हवा से एकदम उलझ चुके थे। ऊँगली से उन्हें ठीक करने की कोशिश करने लगी। थोड़ी देर में ही आंधी रुक गई और जोर शोर से बारिश शुरू हो गई। बहुत अच्छा लगता है बारिश देखने में। मैंने खिड़की खोल दी और बाहर गिरती बूंदो को हथेली में समेटने की कोशिश करने लगी। शादी की जमघट और साथ में ये दुर्घटना दोनों मिले जुले होने की वजह से दिमाग एकदम काम नहीं कर रहा था। लेकिन अब सब शांत हो जाने के बाद शुरू से सब सोचने लगी।

बाबा दोपहर को ही बता रहे थे की इस इमरजेंसी के समय ना कोई अरेस्ट वारंट है ना कही लिखा मिल रहा है कि किसे अरेस्ट किया गया है और कौन से थाने में रखा गया है। अव्यवस्था का चरम प्रदर्शन चल रहा है देश में। इस बात से मुझे हालाँकि कुछ समझ नहीं आया लेकिन इतना पता है की सब कुछ ठीक नहीं है। सबसे ज्यादा तो इस बात से मुझे परेशानी हो रही है कि माँ मेरे पास नहीं रहेंगी। वैसे बड़े पापा, बड़ी माँ, छोटे चाचू और छोटी माँ के पास रहने में मुझे कोई दिक्कत नहीं है। फिर भी माँ पास में नहीं रहेंगी, इस बात से दिल बैठा जा रहा है। अब इस बात की जिद्द भी तो नहीं कर सकती की नहीं माँ कहीं नहीं जाएगी। अगर पुलिस माँ को भी जेल में डाल दे तो? सोच के ही रौंगटे खड़े हो गए और आंख भर आई। कितनी तकलीफ होगी माँ को। किताब में पढ़ा है अंग्रेज लोग कैसे-कैसे तकलीफ देते थे महिला क्रांतिकारीयों को। वैसे माँ तो क्रांतिकारी नहीं है, फिर भी पुलिस तो पुलिस ही है। वो तो पहले जितने कठोर थे अभी भी वैसे ही है। देखा था ना उसदिन थाने में! ये सब सोच के ही मन कर रहा है जोर जोर से

रोऊँ। आंसू गाल पर बहने लगे। पोछने का मन नहीं कर रहा है। बह रहे हैं तो बहने दो।

'यहाँ अकेली अकेली क्या कर रही है?'

पीछे मुड़ कर देखा तो साक्षात शैतान का अवतार, मनीष खड़ा है। अब तो मर गई मैं। ये अब सब को बता देगा की मैं रो रही थी। हे भगवान, बचा लो इससे। मैंने जल्दी से अपनी गाल और आँख पोंछ ली।

'मत पोंछ, रो ले जी भर के। मेरी दादी कहती है रोने से दिल हल्का हो जाता है। तू डर मत, मैं किसी को नहीं बताऊंगा' मेरा हाथ पकड़ के वो बोला। विश्वास नहीं हो रहा है की ये मनीष बोल रहा है।

'मुझे सब पता है। घर पर पापा मम्मी से मैंने सब कुछ सुन लिया है। वो भी परेशान है। अभी मम्मी आंधी से पहले छत से कपड़े उतारने गई थी तो तुझे देखा की अकेली छत पर खड़ी है तो मम्मी ने मुझे तेरे पास जाने को कहा'

बड़ी शांती से मनीष बात कर रहा था। अपनी आदत से एकदम उल्टा। लग रहा है कोई समझदार लड़का बात कर रहा है।

नजदीक पड़ी एक छोटी टूटी बेंच खिंच के वो खिड़की के पास ले आया। मेरा हाथ पकड़कर मुझे बैठाया और खुद भी बगल में बैठ गया, लेकिन हाथ नहीं छोड़ा। बाहर अभी भी जोर बारिश गिर रही थी। लग रहा है रात तक चलेगी। बाबा तो स्टेशन गए है आते-आते जरूर भींग जायेंगे।

'अब बोल क्या हुआ है।'

'तुझे तो फिर पता ही होगा सोना दादा कहीं मिल नहीं रहें है।' मैं बोली

'हाँ, पता है। यूनिवर्सिटी से काफी स्टूडेंट्स को पुलिस उठा ले गई है। वैसे कैंपस में पुलिस घुस नहीं सकती है बिना परमिशन के, लेकिन इसबार ऐसा नहीं हुआ था। वो लोग जबरन अंदर घुस गए थे और चुन चुन के लड़कों को उठाया था। सुना है वो लोग लिस्ट पढ़-पढ़ के लड़के ढूंढ रहे थे'

'वैसे तू तो खेलने आ नहीं रही थी काफी दिन से। एकदिन हमलोग सब टीम के लोग मिल के तुर्कमान गेट गए थे। तुझे पता है? वहां जो बस्ती थी ना गन्दी सी? सारे बुलडोजर चला कर साफ़ कर दिया गया है। लेकिन पुलिस वहां हमें रुकने नहीं दे रही थी। भगा दिया हमलोगो को'

मैं सुन रही थी उसकी बात। अब पता नहीं क्या होनेवाला है। अभी तक ये पता नहीं चला है की माँ सच में बाबा के पास चलीं जाएँगी या नहीं। बाबा आएंगे तो फिर पता चलेगा। इतना सोचते ही मन उदास सा हो गया। अनजाने में ही मैंने धीरे से मनीष के कंधे पर सिर रख दिया और चुपचाप बारिश देखती रही। मनीष भी चुप हो गया था। खिड़की से बारिश की छींटे आ रही थी। गर्मी के इस मौसम में ये छींटे कितनी अच्छी लगती है।

नीचे से छोटी माँ की आवाज आई 'शीनू मनीष नीचे आ जाओ, नास्ता कर लो'

१३. आशा की किरण

बारिश के बाद मौसम काफी सुहावना हो गया था। बड़े से आंगन में छोटे चाचू और छोटी माँ ने मिलकर खटिया और एक दो कुर्सी डाल दी थी रात के खाना खाने के बाद बैठने के लिए। बड़े पापा की पसंदीदा, उनका दोलन कुर्सी भी लगा दी गयी थी। गर्मी के समय ऐसी ही होता आ रहा है हमारे यहाँ।

'घर में आपदा आती जाती रहती है लेकिन नियम से सब कुछ चलना चाहिए।' छोटे चाचू खटिये पर चादर डालते हुए मुझे बोले। मैं भी चाचू को सहायता कर रही थी चादर बिछाने में। छोटी माँ और माँ, बड़ी माँ को पकड़ कर ले आ रही थी खटिये पर लेटाने के लिए। बेचारी एकदम से कमजोर हो गई है। मुझे देख कर एक हलकी सी मुस्कराहट दी।

'क्या रे? आज सारे दिन में एकबार भी अपनी बड़ी माँ के पास नहीं आई मेरी बच्ची?'

मैं दौड़ के उनके पास गई और लिपट गई उनसे। सच ही तो कह रहीं है। मैं अपनी ही धुन में इतनी बेखबर हो गई थी कि उनके पास जाना ही नहीं हुआ। मैं भी बड़ी माँ के बगल में उनसे कस के लिपट कर लेट गई।

मीणा अंकल आये हुए है और बड़े पापा के साथ बैठ कर सलाह मशवरा कर रहे है। अंकल एकबार बड़ी माँ से भी आकर मिल कर गए है।

इसी बीच कोई फ़ोन आया था। बड़े पापा बात कर रहें थे। आँगन से दिखाई दे रहा था। थोड़ी देर में अंकल चले गए और बड़े

पापा आँगन में आकर कुर्सी पर बैठ गए। मैं उनके पास गई और उनके पीछे जाकर सिर पर धीरे धीरे बालों में उंगलिया फेरने लगी। बड़े पापा को बहुत पसंद है। वो आंख बंद कर चुप चाप आराम से बैठे रहें।

'अरे हाँ! अनु आ रही है आज ससुराल से। अभी अभी सम्बन्धीजी का फ़ोन आया था। मैंने पूछा की वो तो आंठवे दिन में आने वाली है फिर अभी क्यों आ रही है? तो वो बोले की बहु बहुत बेचैन सी हो रही है। हमलोगों ने सोचा की उसे अभी आपलोगो में पास होना चाहिए। सम्बन्धीजी ये भी बोले की इस घड़ी में रस्मो रिवाज को भूल जाइये और जो उचित है वही होने दीजिये। बढ़े अच्छे लोग है, है ना?' बड़े पापा को अचानक याद आया और बोले।

'दामादजी भी रहेंगे ना?' माँ ने बड़े पापा से पूछा।

'नहीं, वो अनु को पहुंचाकर चले जायेंगे। परसो उनलोगो के यहाँ रिसेप्शन की पार्टी है। उसकी तैयारी भी करनी है। अरे हाँ, उसदिन कौन कौन जा रहा है पार्टी में? एक लिस्ट बना देना कल्पना, हम में से कुछ लोगों को तो जाना ही चाहिए ना?'

'जी भैया, मैं बता दूंगी'

बड़े पापा इधर उधर की बातें कर सब को बहला रहे थे। कभी कभी बेचैनी के साथ फ़ोन के पास जा कर, नंबर घुमा रहें है पता नहीं किस किस से बातें कर रहे है और फिर वापस कुर्सी पर आकर बैठ जा रहें है। बड़ी माँ ने कई बार उन्हें टोका भी, लेकिन वो कहाँ सुनने वाले है।

शादी की भागमभाग और सोना दादा के लापता, इन सब वजह से एक बात तो ध्यान से ही निकल चूका था की स्कूल की छुट्टियां ख़त्म होनेवाली है। आज शुक्रवार है, सोमवार से ही स्कूल खुल जायेगा। होमवर्क खत्म करने का टाइम ही नहीं मिला था। क्या करूँ, कुछ समझ में नहीं आ रहा है। वैसे मनीष कह रहा था

कि कल मुझे हेल्प कर देगा होमवर्क ख़त्म करने में। नंवी में हूँ, अगले साल दसवीं में जाउंगी, टेंशन तो दिमाग में है ही। वैसे मनीष आजकल कुछ ज्यादा ही दयावान हो रहा है मेरे ऊपर, इरादा क्या है? उस जैसे बदमाश का तो नेक इरादा हो नहीं सकता? फिर भी हेल्प तो कर रहा है एक दोस्त की तरह। ये सब सोच ही रही थी कि

'माँ माँ, कहाँ हो तुम?' दीदी की आवाज आई।

दीदी की आवाज सुनकर बड़ी माँ खटिया पर उठ बैठी और जैसे ही वो नजदीक आई, एकदम से लिपटकर रोने लगी। डॉक्टर अंकल मना किये है कि बड़ी माँ किसी तरह से भी उत्तेजित ना हों वरना दिल पर असर कर सकता है। लेकिन कैसे मना किया जाये उन्हें। इस वक्त तो ये सब बाते बेतुकी है। दोनों ही रोये जा रही थी। मुझे भी बहुत रोना आ रहा था। एक ही घर में एक ही समय सोना दादा के लापता होने और शादी के बाद दीदी के पहली बार घर आने की मिली जुली प्रतिक्रिया क्या हो सकती है ये मेरी समझ के बाहर है। मैं धीरे से उठकर घर के बाहर चली आई। मुझसे वहां रहा नहीं जा रहा था।

बाहर बाबा टैक्सी की किराया दे कर अंदर दाखिल ही हो रहे थे की मैं मिल गई। उनके हाथ में एक फलों की टोकरी थी।

'बाबा जीजाजी नहीं आएं?' मैंने पुछा।

'नहीं शीनू, उनसे मेरी बात हुई है। वो बेचारा इधर आये या अपने घर की रिसेप्शन पार्टी सम्हाले। वो दीदी को करोल बाग तक छोड़ गया था। कल सुबह दीदी को ले जायेंगे। बहुत परेशान है वो भी'

बाबा बिना घर में घुसे वहीं सीढ़ी पर बैठ गए। मैं भी उनके बगल में बैठ गई। कुछ देर की चुप्पी के बाद। बाबा बोले।

'बेटा शीनू, तुम्हे एक बात बतानी थी। ध्यान से सुनना। बात यूँ है कि तेरी माँ को मैं अभी कुछ दिन के लिए जमशेदपुर ले जा

रहा हूँ। मीणा भाईसाब यही करने को कह रहें है। जब तक माहौल थोड़ा शांत ना हो जाये। लेकिन तेरी भी फ़िक्र हो रही है मुझे। तेरा नवी का एग्जाम भी तो आनेवाला है। नहीं तो तुझे भी साथ ले जाते। तू अकेली तो रह पाएगी ना?'

बाबा बड़े ही उत्सुकता भरी नज़रों से मुझे निहारने लगे। बाबा कितने बेबस लग रहे थे। उनकी परेशानी को मैं अच्छी तरह समझ सकती हूँ।

'नहीं बाबा मुझे कोई परेशानी नहीं होगी। और यहाँ बड़े पापा, बड़ी माँ, चाचू, छोटी माँ सभी तो हैं? फिर किस बात की परेशानी होगी मुझे। आप एकदम मेरे बारे में मत सोचो मैं ठीक रहूंगी। आप बस माँ का ख्याल रखो'

बाबा ने एक हाथ से मेरे को अपने पास खींच लिया और मेरे सिर पर हाथ फेरने लगे।

'मुझे पता था तू ऐसा ही बोलेगी। वैसे तेरा एग्जाम जैसे ही ख़त्म होगा मैं तुझे लेने आ जाऊंगा, ठीक है ना।?'

'हाँ बाबा'

कह तो दिया लेकिन दिल एकदम से बैठ सा गया। मगर बाबा को पता नहीं चलना चाहिए।

'चलो बाबा अंदर चलो' मैं बाबा का हाथ पकड़ उन्हे उठने में सहारा देती हुई बोली।

'हाँ, चल' उठते हुए बाबा धीरे से बोले।

अंदर का माहौल कुछ अच्छा होता दिखाई दिया। आपस में ही सब हलकी फुलकी बातें कर रहे थे।

'चलो आपलोग खाना खा लो' माँ उठती हुई बोली।

'नहीं नहीं हमलोग खाना खा के ही आएं है। अभी वही चाचू से हमलोग मिले तो वो बोले की डिनर फ़िर लेते है यहीं। सो हम तीनो रोशन दी कुल्फी में खाना खा लिए थे। आप परेशांन मत हो'

दीदी माँ को रोकती हुई बोली।

'दीदी ये 'वो' कौन है?'

मुझसे पूछे बिना रहा नहीं गया। पहली बार ऐसा हुआ की दीदी मुझे मुक्का लगाए बिना शर्माती हुई दिखी। सब लोग दीदी की इस हरकत पर हसंने लगे। चलो मेरी वजह से सब के चेहरे पर हंसी तो दिखी।

बातें चल ही रही थी की बाहर फिर से गाड़ी रुकने की आवाज आई। इतनी रात गए कौन आ सकता है? बाबा के साथ जब अंदर आई थी तब बाहर का दरवाजा मैं बंद कर आई थी। मैंने ही उठकर दरवाजा खोला तो देखा मीणा अंकल आएं है। दिल एकबार फिर से धक् कर उठा। अब क्या खबर लाएं है।

'नमस्ते अंकल, आइये सब आंगन में बैठे हैं।'

'अच्छा, अखिल जाग रहा है या सो गया है? और जग्गू?'

अंकल ने अंदर आते आते पूछा

'जी, दोनों ही है और दीदी भी आई है ना?'

'क्या? अनु आई है? क्यों?' इतना कहते कहते अंकल आंगन तक आ गएँ।

'अरे अनु बेटी? कैसी है? ससुराल में सब ठीक है ना? ससुरजी दहेज़ तो नहीं मांग रहे है? एक बार बोल दे फिर देख कैसे हवालात का पैकेज्ड टूर करवाता हूँ।'

अंकल अपने आदत मुताबिक मजाक के मूड में आएं है। इसका मतलब कोई बुरी खबर नहीं लाएं है।

दीदी ने फटाक से उठकर अंकल के पैर छुएं।

'अरे अरे! ये कौन आ गई घर में? पहले तो कभी पैर नहीं छुए तूने? हैं? अखिल ये अनु ही है ना? ससुराल में जा के इतनी बदल गई है ये?'

'क्या अंकल आप भी ना' दीदी शर्माती हुई अंकल से लिपट गई।

'अरे मेरी बच्ची. खुश रहो! ऐसे ही मुस्कुराती रहो ज़िन्दगी भर'

दीदी का माथा चूमते हुए अंकल बोले।

'आ बैठ मीणा, कोई एक कुर्सी ला दो'

बड़े पापा के आवाज में अभी भी थकावट झलक रही थी।

'अरे जरुरत नहीं है, यहीं भाभी जी के पास बैठता हूँ मैं'

अंकल बड़ी माँ के खाट पर जा के उनके पैर के पास बैठ गएँ। बड़ी माँ उठने की कोशिश की तो अंकल इशारे से उनको लेटे रहने के लिए कहा।

'और बता कैसे आना हुआ?'

बड़े पापा शायद कुछ पूछने की कोशिश कर रहे थे।

'अरे हाँ, जिसके लिए आया था। आज देर रात प्रेस कांफ्रेंस थी। मीडिया काफी दिन से हमारे डिपार्टमेंट के पीछे पड़ी हुई थी इसके लिए। नेताजी के वहां काण्ड की वजह से डिपार्टमेंट हरकत में आई और प्रेस को बुलाया। मुझे मेरे डिपार्टमेंट ने स्पोक पर्सन कर के भेजा था। वैसे पहले से ही आदेश दिया था की डिप्लोमेटिक जवाब देना है। जैसे होता आया है। लेकिन मैने देखा की यही मौका है। तो मैने कुछ स्टूडेंट्स अभी भी लापता है इसका जिक्र भी बातों बातों में कर दिया वहां पर। बस फिर क्या था रिपोर्टर लोग हमें घेर लिया इस बात पर। मेरा सीनियर वहीं मुझे आंख दिखाने लगा था। लेकिन मैं डरता हूँ क्या? अब कुछ ही महीने रह गएँ है रिटायरमेंट की। साला कौन क्या बिगाड़ लेगा मेरा? सॉरी भाभीजी'

'लेकिन तूने ये बात क्यों बोल डाला। कोई वजह तो होगा? बेकार में अपने आप को फंसा लिया।' बड़े पापा बोले।

'देख भाई, मैं अच्छी तरह पहचानता हूँ अपने डिपार्टमेंट को। कुछ लोग हैं जो नेताओ के लिए कुछ भी कर सकते हैं इन बच्चो के साथ। समझ रहे हो ना? अब जब प्रेस को पता चल गया है तो कुछ गलत करने की हिम्मत नहीं करेंगे वो कमीने लोग। इसीलिए राज को खोल देना जरुरी था। अब हो ना हो सोना जल्दी ही मिल जाये, यही उम्मीद करता हूँ'

'मीणा भैया, आपने जब ऐसा किया है, तो सही ही किया होगा। इसमें हमें कोई शक नहीं है। और कोई रास्ता तो दिख नहीं रहा था।' बाबा बोले।

'मैंने भी कोशिश की थी संतोष झा से मिलने की, एकदिन मिला भी, लेकिन वो आदमी सोना के बारे में बात उठाते ही, इधर उधर की बातों में मुझे उलझा दिया। कमबख्त कुछ बताने को तैयार ही नहीं था।'

'अरे उसकी बात तो ना ही कर मेरे सामने। साला खून खौलता है उस कमीने को देखते ही। बस एक मौका मिलना चाहिए। कहाँ कहाँ मेरा डंडा चलेगा वो सोच भी नहीं सकता है। जहाँ देखो हरामी दंगा करता फिरता है'

मीणा अंकल इतने तैश में आ गए थे की हर गालियों के साथ 'सॉरी भाभीजी' बोलना भी भूल गए। एक बात तो है की मीणा अंकल और आंटी हम सब को बहुत प्यार करते हैं। अपनी कोई औलाद भी नहीं है इसलिए सोना दादा और अनु दीदी से बहुत लगाव है उनका। मुझे भी बहुत प्यार करते है। सुना है रिटायरमेंट के बाद दोनों राजस्थान में अपने गाँव चले जायेंगे। बड़े पापा को ही दिक्कत होगी। कुछ गिने चुने ही तो दोस्त है।

रात काफी हो चुकी थी अब तक। मीणा अंकल के चले जाने के बाद शायद सभी को एक तसल्ली मिली की अब शायद सोना दादा मिल जायेंगे। कम से कम उनकी खबर ही मिल जाये की सब ठीक

है। अब गहरे अंधेरे में एक छोटी सी जुगनू की रौशनी भी दिल में आशाओं की उम्मीद जगाती है। दीदी बड़ी माँ के पास सोने चली गई। मैं बाबा और माँ के पास सोने आ गई।

'माँ आज मैं आपलोगो के बीच में सोऊँगी' मैंने अपनी खाट से तकिया उठाकर उन दोनों के तकियों के बीच में रख दी।

'आ जा सो जा' माँ धीरे से बोली।

बाबा कुछ नहीं बोल रहे थे। छत के पंखे के तरफ नजर गड़ाए चुपचाप लेटे हुए थे। माँ भी चुप थी।

'आप लोग क्या सोच रहें है? माँ बाबा आपलोग प्लीज मेरे बारे में चिंता मत करो ना। मैं यहाँ सबके साथ रह लुंगी।'

माँ को गले लगाते हुए मैं बोली।

'तुझे सब पता है?' माँ थोड़ी अचरज हो के बोली।

'हाँ तो, बाबा ने मुझे बताया है कि आप बाबा साथ जमशेदपुर जा रही हो'

मैं बड़े ही इत्मीनान के साथ बोली, जो की मेरे लिए काफी मुश्किल था माँ के बिना रहना, कभी रही भी तो नहीं। लेकिन मैं उन दोनों को ये बात जताना नहीं चाहती हूँ।

'हमारी बच्ची देखो कितनी बड़ी और समझदार हो गई है, है ना कूशु?' बाबा मेरी तरफ प्यार से देखते हुए बोले।

माँ मेरे बालो में हाथ फेरने लगी। मुझे पता है उन्हें भी कष्ट हो रहा है मुझे छोड़ के जाने में।

'माँ, मैं जब छोटी थी कैसे लोरी गा के सुलाती थी, वैसे ही आज सुलाओ ना मुझे!' मैं माँ से लिपटती हुई बोली।

माँ एक हाथ से अपने सिर को सहारा देती हुई दूसरे हाथ से मुझे थपकी देने लगी। मैंने माँ के सीने में अपनी मुँह छुपा लिया। कितनी अच्छी खुशबु है। ऐसे ही तो सोती थी मैं जब छोटी थी।

नन्ही कली सोने चली हवा धीरे आना।

नींद भरे पंख लिए झूला झूला जाना।।

रेशम की डोर अगर पैरो को उलझाए।

घुंगरू का दाना कोई शोर मचा जाए।।

रानी मेरी जागी तो फिर निंदिया तू बहलाना।

नन्ही कली सोने चली हवा धीरे आना।।*

माँ की आंसू की बुँदे मेरे बालों पर टपटप गिर रही थी। मेरे अनजाने में शायद मेरी भी आंसू के बुँदे माँ की बांह पर गिरी होगी। माँ से थोड़े ही सब कुछ छुपा सकती हूँ? उन्हें तो सब कुछ पता चल जाता है।

---

* यह पंक्तियाँ १९५९ में बनी चलचित्र 'सुजाता' के एक गीत से ली गई है। जिसके गीतकार मजरूह सुल्तानपुरी जी है।

अध्याय - २

आज अगर चाँदनीया आना मेरी गली

१. आज की ताज़ा खबर

'सर, आपको बड़े साब बुला रहें है'

'ठीक है आ रहा हूँ थोड़ी देर में, उनको बोल दो'

कामिल खान, मैनेजिंग एडिटर के लिए यह कोई नई बात नहीं है। बढ़े साब हर समय घोड़े पर सवार रहते है और वक्त बेवक्त या तो अपने केबिन में बुला लेंगे नहीं तो यहाँ आ धमकेंगे। बढ़े साब धनञ्जय त्यागी यानि मालिक और एडिटर इन चीफ। हमउम्र ही है, दोनों ही लगभग एक ही साथ ५२ बसंत ऋतू देख चुके हैं। खुशनसीबी कहें या बदनसीबी साथ साथ ही इस जर्नलिज्म के पेशे में शामिल हुए थे। देखा जाए तो जर्नलिज्म का पेशा आसान नहीं है। काफी संघर्ष में बाद ही कुछ गिने चुने लोग इस मुकाम तक पहुँच पाते है। सुख दुःख साथ साथ झेला है। वैसे ये कहना गलत ही होगा की धनञ्जय का नसीब अच्छा था। उसमे पत्रकारिता का नशा और लगन दोनों मौजूद था। जाने माने न्यूज़ चैनल 'ग्लोबल न्यूज' ने अच्छे खासे पैकेज में उसे ऑफर दिया था।उस पैकेज में धनञ्जय जी ने कामिल को भी शामिल करवा लिया था। यानि जायेंगे तो साथ ही वरना नहीं। चैनल के मालिक आशुतोष मलिक, उसे पहचानने में गलती नहीं की थी। इकलौती बेटी अमृता का हाथ धनञ्जय के हाथ में थमाने के पीछे भी उन्हें फायदा ही दिखा था। उम्र तो आशुतोष जी की काफी हो ही चुकी थी। धनञ्जय को अपना वारिस बनाने के कुछ ही साल बाद इस दुनिया से उन्होंने विदा ले लि। अब ऊपरवाला जिनके ऊपर मेहरबान, वहां तो पहलवानी बनती है। धनञ्जय और कामिल, दोनों ने मिलकर इस एजेंसी को देश के श्रेष्ठ न्यूज़ चैनलों में शामिल कर दिया था। धनञ्जय की

पत्नी अमृता नाम मात्र की पार्टनर है। बस नियम से एक दो बोर्ड मीटिंग में उपस्थित होने के सिवा उनकी दखलअंदाजी ना के बराबर है। वो अपनी एथनिक साड़ी के बुटीक को सम्हालने में ही ब्यस्त रहती है। उसकी बुटीक, इलीट ग्रुप में काफी मशहूर है। धनञ्जय और अमृता ने क्या कम कोशिश की थी कामिल को भी ग्लोबल न्यूज़ में पार्टनरशिप देने के लिए? लेकिन कामिल राज़ी नहीं हुआ था। पत्रकारिता कामिल के लिए एक जूनून है। उसके आगे पीछे वो सोच ही नहीं सकता है। बस सैलरी मिल जाये, यही काफी है उसके लिए। अकेला आदमी, निकाह या रिलेशन से दूर भागने वाला कामिल कर्म पर विश्वास रखता है। खैर कुछ साल पहले कामिल की ही देखरेख में एक पखवारा यानि हर १५ दिन में एक फाइनेंसियल न्यूज़ मैगज़ीन भी प्रकाशित हो रही है। इस मैगज़ीन ने भी अच्छा खासा मार्किट बना लिया है। इसका श्रेय धनञ्जय, कामिल को ही देता आया है। अगर कोई मसले पर राय लेने जाओ तो यही सुनना पड़ता है कि

'भाई ये तुम्हारा बच्चा है, तुम ही सम्हालो इसे'।

कामिल ने जल्दी से एक प्रूफ चेक करके प्रिंटिंग सेक्शन में भेज दिया। जल्दी जल्दी करना ही पड़ा वरना धनञ्जय उसके ही कमरे में आ धमकेगा और बेफिज़ूल के घंटो तक बात करता रहेगा। कामिल समझता है ये समय की बर्बादी है। गप्पे ही मारना है तो चलो शाम को प्रेस क्लब और बको जितना मर्जी। सच कहें तो वही एक जगह है जहाँ लोग फ़िज़ूल में टाइम पास करते हैं।

'अंदर आ सकता हूँ' दरवाजा नॉक करके कामिल अनुमति के लिए वही खड़ा रहा। दोस्त है तो क्या हुआ, आखिर है तो इस प्रेस का मालिक।, कामिल समझता है ऑफिस में डेकोरम मानना सबके लिए जरुरी होता है।

'साले, अंदर आ जा, यहाँ मेरा पिछवाड़ा फटा पड़ा हुआ है'

'तुम थोड़ी तमीज़ से बात नहीं कर सकते हो ऑफिस में?, ऑफिस डेकोरम नाम की भी कोई चीज़ होती है?'

अंदर घुसते हुए कामिल ने कहाँ।

'भाड़ में गया तेरा ऑफिस डेकोरम। मेरा ऑफिस है मैं कुछ भी बोलूं! वैसे तेरा भी है, तू भी मेरी तरह ही बातें कर सकता है'

दांत निपोरते हुए धनञ्जय बोला।

'तू नहीं सुधरेगा, बाल बच्चेदार हो, अपने उम्र का कुछ तो लिहाज कर लिया कर'

टेबल के साइड में लगे आरामदायक सोफे पर बैठते हुए कामिल ने अपनी नाराजगी जताई।

'बकवास, बंद कर, बाल बच्चेदार मुझे ना सीखा। तुझे क्या पता शादी और बाल बच्चे क्या होते है। कभी उनकी बातें सुनी है जब अपने दोस्तों से बातें करते है? मेरे भी कान लाल हो जाते है सुनकर। हम तो बड़े ही सरल भाषा में नजदीकी रिस्तेदारो को लेके गाली देते है। उनकी भाषा सुनेगा तो कानों में ऊँगली डालनी पड़ेगी। साले लोग दूर के रिश्तेदारों को भी नहीं छोड़ते है।'

'अच्छा छोड़, क्या बात है जल्दी बता, काफी काम जमा पड़ा हुआ है मेरे पास'

कामिल उसकी बात को काटते हुए मुद्दे पर आना चाहता था। लेकिन धनञ्जय कि शक्ल पर साफ़ नाराजगी झलक रही थी। इतने अच्छे मुद्दे पर आपस में तर्क चल रहा था। नालायक ने सीधा पानी फेर दिया। वैसे धनञ्जय की मनसा हैं कि एकदिन गालियों के ऊपर रिसर्च कर एक किताब प्रकाशित करेगा। किताब का नाम भी सोच लिया है 'अखंड भारत के देशी गालियों का इतिहास', खूब बिकेगी।

'बकेगा भी, या मैं जाऊं?' कामिल अधैर्य होते हुए बोला।

'हाँ हाँ बोलता हूँ ना'

'बात यूँ है की पद्मश्री प्राप्त सुदक्षिणा सेनगुप्ता रॉय दिल्ली आई हुईं है। वही जिन्हे कल पदक दिया गया है!'

'तो?'

'तो क्या? तू अपॉइंटमेंट ले और कर डाल एक अच्छा सा इंटरव्यू मेरे भाई। तेरे से अच्छा ये इंटरव्यू और कोई नहीं कर पायेगा।'

'पागल हो गया है तू! वो कोई भी देशी पत्रकार को पास में फटकने नहीं देती है, तुझे पता है ना?'

'हाँ, पता है ना। और ये भी पता है की वो तेरी बचपन की दोस्त भी थी और क्या पता क्रश भी रही होगी?'

एक आँख मारते हुए धनञ्जय बोला। कामिल को उसकी ये हरकत एकदम पसंद नहीं आई। छिछोरेपन से बाज नहीं आएगा ये कभी। कभी शायद बातों बातों में इसका ज़िक्र कर दिया था कि दोनों कभी एक साथ लाल किले के मैदान में क्रिकेट खेला करते थे। ये नालायक उस बात को दिमाग में बसा लेगा, ये कामिल को थोड़े ही पता था?

'यही बताना था तुझे? मैं जा रहा हूँ' सोफे से उठते हुए बोला।

'अरे ठहर ना मेरे भाई, पूरी बात तो सुन ले'

'ठीक है बता' वापस सोफे पर बैठते हुए कामिल बोला।

'देख भाई। ये इंटरव्यू अगर करने में तू सफल हो गया तो सोच, हमारा चैनल कहाँ से कहाँ पहुँच जायेगा। पद्मश्री मिलने के बाद हमारी ही एजेंसी पहली होगी जो उनका इंटरव्यू लिया होगा 'उसकी नजर में उत्सुकता और प्रश्न साथ साथ दीख रहे थे।

'एक बात सुन लो। पहले तो कैमरा मैन ले के इंटरव्यू मैं नहीं कर पाउँगा, आदत नहीं रही अब। दूसरी बात, इंटरव्यू तो दूर की

बात है, इतने साल बाद वो मुझे पहचानेगी भी या नहीं इसकी कोई गारंटी नहीं है। ये इंटरव्यू का ख़याल तुम अपने दिमाग से निकाल दो तो बेहतर होगा'

'पक्का निकाल दूंगा, लेकिन तुम्हारी काबिलियत मुझे पता है। तुम चाहो तो इस असंभव को संभव कर सकते हो। मेरे से ज्यादा तुम्हारे अंदर ये खूबी है। याद नहीं आ रहा है तो याद दिला दूँ? किन किन लोगो के तुमने इंटरव्यू किया है? मैं कितनी बार हार कर बैठ जाता था और तु मेरे लिए वो इंटरव्यू फिक्स करा दिया करता था?'

कामिल उसकी बात पर हंस देता है। बात वैसे गलत नहीं बोल रहा है वो।

'मक्कारी की भी हद होती है। शुरू कर दीया ब्लैकमेल करना?'

अब धनञ्जय को लगा कामिल कम से कम सोच तो रहा है। थोड़ा और प्रेशर जमाय रखने से शायद मान जाए। उम्मीद पर ही तो दुनिया टीकी हुई है।

'एक बार फ़ोन तो कर ले, अगर मान गई तो ठीक है नहीं तो रहने दे। और रही बात चैनल की, तू बल्कि अपनी मैगज़ीन के लिए ही कर ले! क्या फर्क पड़ता है।'

'नंबर नहीं है मेरे पास'

'मेरे पास है ना! तू क्या समझ रहा मैंने बिना तैयारी किये तुझे बुलाया है?'

फिर वही मक्कारीवाली हंसी।

अब इतना कुछ कर चुका है धनञ्जय तो, कुछ तो उसे भी करना चाहिए। अब सालो हो गएँ है इस तरह का कोई इंटरव्यू किये हुए। वैसे देखा जाए तो एकबार कोशिश करने में क्या हर्ज़ है। सच ही कह रहा है वो, की अगर ये इंटरव्यू हो जाये तो उसके मैगज़ीन में चार चाँद लग जायेंगे।

'ठीक है भेज दो मुझे नंबर, कोशिश करता हूँ।'

'मेरे सामने ही कर ना उसे फ़ोन? मिला दूँ नंबर?'

'नहीं, मै अपने रूम में जा के ही फ़ोन कर लूंगा। कुछ काम बाकि है। उसे खत्म करने के बाद फ़ोन करूँगा। तुम मुझे भेज दो नंबर'

धनञ्जय मुरझा गया इस बात पर। कितना अच्छा मौका था कामिल की टांग खींचने का, वो भी हाथ से निकल गया।

'चल, कोई बात नहीं, तू मान गया यही काफी है मेरे लिए। नजदीक आ जा तेरे गाल में एक चुम्मी दे दूँ'

सच में वो कुर्सी से उठकर कामिल के पास आने लगा। उसके इरादे भांपने में कामिल को देर नहीं लगी। वो नजदीक आने से पहले ही कामिल कमरे से बाहर निकल गया।

'विजयी बन के लौटना मेरे भाई! वापिस आएगा तो तेरी वो दूर की मौसी की बेटी सलमा से तेरे रिश्ते की बात चलाऊंगा। ये मेरा वादा है दोस्त। वरना हमारी दोस्ती पर धिक्कार है'

नौटंकी बाज कहीं के। मन ही मन कामिल ने उसे कोसा।

बात-बात पर ये निकाह वाली बात दोहराना कामिल को पसंद नहीं। लेकिन क्या करे, दोस्त है कुछ कह भी नहीं सकता है वो। अब सच भी तो है, कौन देगा उसकी शादी? अब्बू और अम्मी का तो नौकरी शुरू करने से पहले ही इंतकाल हो चूका था। दूर-दूर तक कोई रिस्तेदार भी नहीं, जो दबाव डाले। बस अपने काम में इतना खोया रहता था कि खुद को भी पता नहीं चला की कब निकाह की उम्र निकल गई है। अब इस ५२ साल के बुड्ढे से शादी कौन करेगा? और दूसरी बात ये सब झमेले में कौन जाये। अच्छी खासी ज़िन्दगी है। पुरानी दिल्ली के घर में बीवी कहें या सिर पस्त, ७७ साल के उम्र के खालिद चाचा ही हैं जो कामिल की देखभाल करते

है। खाना बनाने से लेकर कपड़े धोने और पता नहीं क्या क्या काम तो वही सम्हालते है। रही बात अकेलेपन की, कामिल को तो कभी महसूस नहीं हुई। धनञ्जय के दोनों बेटे ही उसके अपने बच्चों की तरह है। अक्सर धनञ्जय के घर में ही उसका समय बीतता है। दोनों बेटा आशीष और अक्षय क्रिकेट के दीवाने है। बचपन से कामिल को देखकर बड़े हुए है दोनों। खूब बनती है उन दोनों के साथ कामिल की। कोई मैच हो तो फिर क्या कहने। दोनों क्रिकेट के मामले में कामिल को गुरुदेव मानते है। एक इंजीनियरिंग कर रहा है और दूसरा कॉलेज जाना शुरू किया है। लेकिन अपने सीक्रेट कामिल अंकल से शेयर किये बिना दोनों रह नहीं सकता है। अमृता भाभी भी काफी ध्यान रखती है कामिल का। ऐसा कभी नहीं हुआ की वो धनञ्जय के लिए कुछ खरीदें और कामिल के लिए ना ले।

शुरू-शुरू में वो कपड़े दोनों के लिए एक ही तरह के लाया करती थी। एक ही रंग, एक ही डिज़ाइन। कामिल को इससे कोई फर्क नहीं पड़ता था। लेकिन धनञ्जय को ये पसंद नहीं था। एकदिन कह ही दिया उसने।

'सुनो, तुम्हे पता है लोग हम दोनों को पीठ पीछे क्या कहते है?'

'क्या?'

'जुड़वा बैल'

'ये जुड़वा बैल क्या है?'

'कांग्रेस का चुनाव चिन्ह'

'वो तो हाथ है?'

'अभी नहीं है, पहले जुड़वा बैल हुआ करता था'

'ये किस लिए सुना रहे हो?'

'क्योंकि एक तरह के कपड़े पहनने की वजह से हम दोनों जुड़वा बैल लगते है'

इसके बाद मिया बीवी के बीच लगभग एक हफ्ते तक बातचीत बंद थी। बेचारी प्यार से खरीदती थी दोनों के लिए। इसे टोकना जरूरी था? लेकिन नहीं, धनञ्जय तो धनञ्जय ही है। आखिरकार कामिल के मध्यस्तता से दोनों में फिर बातचीत शुरू हुई।

आखरी बार कब कामिल ने अपने कपड़े ख़रीदे थे, याद नहीं। अब इतना सारा प्यार जब मिलता है तो फिर और प्यार की क्या जरुरत है उसे?

आज बात छिड़ ही गई तो याद आ रहे है वो पुरानी दिल्ली के दिन। अब्बू के पास पुस्तैनी चांदी की दुकान थी सर्राफ़ा बाजार में। कभी कभी कामिल को भी दुकान में बैठना और अब्बू की सहायता करने जाना होता था। चांदी को गलाकर छोटी छोटी अंगूठी, पैर की ऊँगली की बिछिया, थोड़ा बहुत कामिल को भी बनाना आता था। अब्बूजान अक्सर किस्से सुनाया करते थे की उनके यानि कामिल के पूर्वज अरब से हिंदुस्तान आये थे। अब सच क्या है, इसे सत्यापित करने वाले लोग अब इस दुनिया में तो नहीं रहे। वैसे अब्बूजान कभी अरबपति होना तो दूर शायद कभी लखपति भी नहीं बन पाए थे। लेकिन जितना कमाते थे उससे वो और अम्मी ख़ुश जरूर थे। कामिल भी कुछ अपने अब्बू की तरह ही है। अब्बू अम्मी चाहते थे कि वो खूब पढ़े और तरक्की करे। दुकान से घर तो चल जाता था। लेकिन जरूरत से ऊपर की चीजे नहीं हो पाती थी। मसलन गर्मी के मौसम में एक कूलर होता तो कितना अच्छा होता। लेकिन कुछ चीजे जो आज जरूरी है, उस समय वो नवाबी आदत समझी जाती थी। पुस्तैनी मकान था पुरानी दिल्ली कि गली में, सो किराये की चिंता नहीं थी। अभी भी वो इसी मकान में रहता है। तीन कमरे का मकान उसके लिए तो जरूरत से ज्यादा ही है।

याद आता है वो दिन। क्या टीम थी अपनी। आस पास की जितनी भी क्रिकेट टीम थी, सब डरते थे जब कामिल और

सुदक्षिणा बैटिंग पर होते थे। वैसे शुरू शुरू में वो लड़की होने की वजह से दूसरी टीम नाराज़गी जताती थी। लेकिन धीरे धीरे सब ने उसको स्वीकार कर लिया था। काफी टैलेंट था उस लड़की में। विकेट कीपिंग भी अच्छी कर लेती थी। जिस दिन मैच नहीं होता था, दरियागंज के थाने के सामने चबूतरे पर बैठ गप्पे लढ़ाते थे और पकौड़े खाते थे। फिर पता नहीं कौन सा मनहूस साया पड़ा था उसके घर पर। उसका भाई लापता हो गया था। काफी हंगामा हुआ था उस घटना से। ९ वी के बाद सुदक्षिणा भी जमशेदपुर चली गई थी अपने पापा मम्मी के पास। उसके बाद पूरा परिवार एकदम से बिखर गया था। वो लोग यहाँ की कोठी बेच कर चले गए थे। उसके भैया मिले थे की नहीं, पता नहीं। आखरी बार उसकी दीदी की शादी में मिले थे। उसके बाद फिर कभी मिलना नहीं हुआ। हमारे ही ग्रुप में मनीष था जो सुदक्षिणा के घर के नजदीक रहता था। उससे ही थोड़ी बहुत खबर मिल जाया करती थी। कुछ दिन बाद मनीष लोग भी चले गएँ वहां से तो फिर कोई पता नहीं था उसका। एक दूसरा नाम भी था उसका जो उसके घर के लोग और मनीष भी पुकारता था। क्या नाम था? याद आया, शायद शीनू था। लेकिन पूरी तरह पक्का नहीं हो पा रहा था।

आज देखा जाये तो कितने साल बीत चुके है। अब तो वो मशहूर इकोनॉमिस्ट बन गई है। इस विषय पर अनगिनत किताबें लिख चुकी है। कुछ किताबें तो अभी भी उसके ऑफिस रूम के कमरे की अलमारी में रखी हुई है। लंदन में रहती है और वहीँ किसी फिलोसोफी के प्रोफेसर से शादी की है। दो बच्चे है। ये सब तो उसके बारे में लिखे आर्टिकल से कामिल को पता है। कोई नई बात नहीं है। कुछ और याद करना पड़ेगा जो सब को पता नहीं है। यही कुंजी होती है कामिल का, सही समय पर सही बात से सामनेवाले को सम्मोहित करना। अभी हाल ही में सुदक्षिणा को पद्मश्री, मिली है भारत सरकार से। पता नहीं अब कामिल को पहचानेगी भी या नहीं। मन में एक संदेह तो रह ही जाता है। और भी कुछ ढूंढना

पड़ेगा। होमवर्क करके ही फ़ोन करना वाजिब होगा। मैदान बनाना पड़ेगा इस तरह के मैच को खेलने के लिए। जितना याद आता है कि एकबार लंदन में किसी देशी पत्रकार ने उनसे पूछ लिया था कि

'आप विदेश में रहकर भारत की इकॉनमी पर कमेंट क्यों करती है?'

इस बाहियात सवाल से काफी गर्मागर्मी हुई थी उस प्रेस कांफ्रेंस में। फिर वही सुदक्षिणा बोली थी कि वो आइन्दा कभी भारतीय पत्रकार से बात नहीं करेगी। इस घटना को लेकर कई महीने तक प्रिंट इंडस्ट्री अपने अख़बार बेचते गए। जैसा की अक्सर होता आया है। अब सोचनेवाली बात यह है कि वही रवैया कायम रहा तो गयी कामिल का भैंस पानी में।

चलो प्लाट तो बना लेते है फिर देखा जाएगा क्या होता है। अचानक ही एक बात कामिल के ज़हन में आई। मोबाइल में गूगल सर्च करके कुछ देखा और फ़ोन लगाया।

'हैल्लो, ये १५ शाहजहानाबाद है?'

बात खत्म हुई और कामिल के आँखों में चमक दिखने लगी।

अब अगला पड़ाव देवीजी को फ़ोन लगाना था। काफी हिम्मत जुटानी पड़ी कामिल को। बात ये नहीं है की वो एक प्रतिष्ठित व्यक्तित्य है। इतने दिन बाद बात होगी यही एक उत्तेजना है। होटल है, डायरेक्ट कॉल तो लगेगा नहीं। रिसेप्शन से कॉल कनेक्ट करवाना पड़ेगा।

'सॉरी सर, मैडम का इंस्ट्रक्शन है, कोई बाहरी कॉल वो नहीं लेंगी।'

कामिल को समझ जाना चाहिए था कि लैंडलाइन कॉल वो अटेंड नहीं करेगी। गलती हो गई। अब मोबाइल से ही फ़ोन करना पड़ेगा। थोड़ी देर रुक कर फिर से कामिल ने नंबर मिलाया अपने मोबाइल से।

'हेलो, सुदक्षिणा स्पीकिंग'

अल्लाह का शुक्र है, फ़ोन तो उठाई।

'कामिल, कामिल खान इस माय नेम'

'कामिल खान कौन?'

'कामिल खान, मैनेजिंग एडिटर ऑफ़ वर्ल्ड इकॉनमी जर्नल'

'प्लीज एक्सक्यूज़ मी, मैं इंटरव्यू नहीं देती,'

फ़ोन काटने ही वाली थी।

'दरअसल, मैं शीनू से बात करना चाह रहा था'

जल्दी से कॉल काटने से पहले ही अंदाजे से पासा फेका कामिल ने।

कुछ देर के लिए कॉल शांत हो गई। फिर

'आप मेरा ये नाम कैसे जानते हैं? क्या आप मुझे पहचानते हैं?'

'हाँ, साथ साथ रेलवे स्कूल की टीम के विपक्ष ७६ रन जो बनाए थे, भूल कैसे सकता हूँ। आपको शायद याद नहीं'

आखरी चाल का पत्ता कामिल फेक चूका था, अब इस पार नहीं तो उस पार।

शायद ३-४ सेकंड वो चुप रही।

'अरे कामिल भाई, तुम अचानक? मेरा मतलब कहाँ से? और ये नंबर तुम्हे कहाँ से मिला?'

चलो, लग रहा है काम बन गया। अब आगे देखा जाये क्या होता है।

'मैडम, एक के बाद एक प्रश्न करें तो जवाब देने में मुझे आसानी होगी। मानता हूँ की मैं एक अदना सा जर्नलिस्ट हूँ, मगर दिल्ली में रहकर आपके नंबर का पता लगाना शायद इतना मुश्किल काम भी नहीं था।'

कामिल की बात पर सुदक्षिणा जोर-जोर से हंसने लगी। फिर बोली,

'सही बोलूं? तुम्हारा नाम तो मैने भी सुन रखा था लेकिन तुम वही कामिल हो जो मेरे बैटिंग पार्टनर हुआ करते थे, ये पता नहीं था। अब पता चला। और क्या ये आप-आप लगा रखा है? मुझे याद है तुमसे मैं दो साल की छोटी हूं। अब बंद करो ये नाटक और मिलने आ जाओ। अशोका होटल, रूम नंबर ४२९। जल्दी आना मेरी फ्लाइट सुबह के ७.३५ की है। अभी टाइम हो रहा है ५.१५, कितनी देर लगेगी तुम्हे यहाँ पहुँचने में?'

'अरे ठहरो आराम से, आराम से, क्रीज़ में बैटिंग नहीं कर रही हो। मैं लगभग ६ बजे तक पहुँच जाऊंगा, चलेगा?'

'दौड़ेगा, डिनर साथ करेंगे। एक जरुरी अपॉइंटमेंट था, उसको कैंसिल कर रहीं हूँ। समझे ना? कलटी नहीं मारना'

'कलटी? तेरी लैंग्वेज लंदन में रह कर भी नहीं बदली, क्यों?' कामिल जोर से हंस पड़ा।

'बकवास बंद करो और निकलो अपने ऑफिस से, और हाँ, हो सके तो अपनी बीवी को भी साथ ले आना, ओके?'

'हाँ, जरूर ले आऊंगा अपने साथ, चलो फिर मिलते है, बाय'

फ़ोन रख कर कामिल ने राहत की साँस ली। मन ही मन हंसने लगा वो। अब बीवी कहाँ से लाऊँ?

कामिल ऑफिस के ड्राइवर को कार रेडी करने को बोल धनञ्जय के केबिन के दरवाजे पर लगे पारदर्शी शीशे के बाहर से ही इशारे से बता दिया की काम हो गया है मैं निकल रहा हूँ। धनञ्जय के साथ अभी बात करने बैठ गया तो देर हो जाएगी। वो कुछ कहें, या टोके ये बिना देखे ही लिफ्ट की तरफ भागा। वैसे होटल ज्यादा दूर तो नहीं लेकिन अभी रास्ते में हैवी ट्रैफिक मिल सकती है।

२. शाहजहानाबाद

ऑफिस की छुट्टी का टाइम है। ज्यादा टाइम तो लगा लेकिन छह बज के पांच मिनट पर होटल के पोर्टिको में गाड़ी पहुँच चुकी थी। गाड़ी से उतर कर ड्राइवर को वापिस ऑफिस जाने के लिए कह दिया क्योंकि देर हो जाएगी तो टैक्सी मिल ही जाएगी घर जाने के लिए। लेकिन ड्राइवर का सीधा जवाब था कि बड़े साब ने बता रखा है कि जितनी भी देर हो, आपको साथ लेकर ही वापस आना है और साब के घर ही जाना है, आपके घर नहीं। फिजूल बहस करने से कोई फायदा नहीं। रिसेप्शन पहुंचकर उसने किस से मिलना है और खुद का नाम बताया।

'सर, मैडम ने आपके आने की खबर दे रखी है। आप सीधे लिफ्ट से फोर्थ फ्लोर, रूम नंबर ४२९ में चले जाइये'

रिसेप्शनिस्ट बढ़े ही अदब के साथ बोली जो सरकारी होटल में कम ही देखने को मिलता है। कामिल थैंकस बोल लिफ्ट की तरफ बढ़ गया।

बेल बजने से पहले ही सुदक्षिणा दरवाजा खोल कर सामने ही खड़ी दिख गई और एक टक वो कामिल को देखती रही। कामिल भी उसे देख रहा था। कितनी बदल गई है वो। हालाँकि उसकी फोटो कई बार न्यूज़ पेपर और टीवी में देख चूका है लेकिन पहले वाले चेहरे से आज का चेहरा मिलाना वाजिब भी नहीं है। घुंगराले बाल वैसे ही है। उम्र की छाप होते हुए भी एक चमक और उज्ज्वलता उसके चेहरे पर दिख रही थी। यूँ कहे तो एक सफल और अभिजात व्यक्तित्व झलक रहा था उसके चेहरे पर। ये सफलता की चमक है, जो स्वभाबिक है।

'कामिल भाई, एकदम मिला नहीं पा रहीं हूँ। कितना बदल गया है तुम्हारा चेहरा। अब अंदर भी आओगे या बाहर ही खड़े रहोगे?'

कामिल ने कमरे के अंदर दाखिल हो कर चारो तरफ नजर दौड़ाई। ये एक सुईट है। काफी बढ़ा कमरा है बैठने के लिए अलग इंतजाम। कामिल आराम से एक सोफे पर बैठ गया।

'और कामिल भाई सुनाओ, कैसे हो? और हाँ, आपकी बीवी कहाँ है?, उन्हें क्यों नहीं लाएं?'

'बीवी? लाया हूँ ना साथ, ये रही मिलो इनसे' जेब से पेन निकाल कर सुदक्षिणा की और बढ़ाते हुए कामिल बोला।

'ये?'

'और क्या? इसी पेन से ही शादी की है मैने' कामिल जोर से हँसता हुआ बोला। सुदक्षिणा भी हंस पढ़ी।

'तो शादी की ही नहीं?

'छोड़ो ना शादीवादी की बातें, बल्कि चलो तुम्हे एक जगह ले चलता हूँ

कहाँ कामिल भाई?'

'है एक जगह, हाँ अगर तुम्हे मेरे ऊपर भरोसा हो तो'

'मैं तो डिनर का भी आर्डर दे चुकी हूँ? चलो वो तो कैंसिल कर दूंगी, लेकिन जाना कहाँ है, ये तो बताओ?'

'बस, ये मत पूछो, भरोसा रखो मेरे ऊपर'

'ये क्या कामिल भाई, भरोसा ना रखने का तो सवाल ही नहीं पैदा होता है। ऐसा करो आप थोड़ी देर बैठो, मैं तैयार हो लूँ

'मैं ऐसा करता हूँ की, लाउंज में इंतज़ार कर रहा हूँ। तुम नीचे आ जाओ'

कहकर कमरे से बाहर निकल सीधे लिफ्ट कि तरफ चला गया। जाते जाते मोबाइल से ड्राइवर को भी बता दिया की पोर्टिको में आ जाये और कहाँ जाना है उसका भी निर्देश दे दिया।

ज्यादा देर नहीं लगी। लगभग १५ मिनट्स में वो नीचे थी। हलके पीले रंग के चूड़ीदार में सच में सुन्दर लग रही थी वो। एकदम साधारण सा लिबास और सादगी भरा श्रृंगार। कोई बाहुल्य नहीं, कहीं भी। कोई भी अंदाजा नहीं लगा सकता है ये मोहतरमा एक जानीमानी अर्थशास्त्री है। ऐसी हस्ती से जान पहचान होना तो सच में फक्र की बात है। मन ही मन कामिल ने सोचा। होटल के पोर्टिको में अपनी गाड़ी लिए ड्राइवर खड़ा मिला। लेकिन जैसे ही सुदक्षिणा पोर्टिको में आई दो बॉडीगार्ड पता नहीं कहाँ से आ के उसके दोनों तरफ खड़े हो गए। बेचारी एकदम से शर्मा गई।

'आप लोगों को मेरे साथ आने की जरुरत नहीं है। मैं अपने जान पहचान के साथ ही जा रहीं हूँ'

थोड़े रूखे स्वर में ही बोली। लेकिन वो कहाँ सुनने वाले थे।

'सॉरी मैडम, ऊपर से आर्डर है। आपके साथ ही हमें रहना है, जबतक आप यहाँ है' दोनो गार्ड कामिल की तरफ संदिग्न दृष्टि देते हुए बोले। कामिल की हंसी छूट गई।

'अरे आने दो ना दोनों को। वैसे मेरी गाड़ी में इन दोनों की जगह तो नहीं होगी'

'नो प्रॉब्लम सर, हम अपनी गाड़ी में आपके पीछे ही रहेंगे। किधर जाना होगा सर?'

कामिल मुस्कुरा दिया और इशारे से उन दोनों को पीछे-पीछे आने की हिदायत दी। सुदक्षिणा एकदम चुप थी। अपना ड्राइवर बड़े अदब के साथ दरवाजा खोल सुदक्षिणा के बैठने तक इंतज़ार कर रहा था और उसके बैठते ही उसने धीरे से दरवाजा बंद कर दिया। ये अदब तो कभी कामिल या धनञ्जय के लिए नहीं दिखाया है?

पता चल जाता है कौन हस्ती है कौन नहीं। कामिल मन ही मन मुस्कुराते हुए दूसरी तरफ से दरवाजा खोल सुदक्षिणा के बगल में बैठ गया। गाड़ी अपनी गति से धीरे धीरे और कभी तेज रफ़्तार से कामिल के बताये गंतव्य स्थल की और बढ़ने लगी।

आपस में छोटी मोटी बातें चलती रही। ये कहाँ है, वो कहाँ है जैसी मामूली बातें। समय कब निकल गया पता ही नहीं चला और कार अपने गंतव्य स्थल पहुँच गया। सुदक्षिणा ने खिड़की से बाहर झांका।

'ये कहाँ आये है कामिल भाई?' थोड़े अचरज के साथ उसने पूछा। अचरज तो होगा ही। इतने साल बाद अपनी जानी पहचानी जगह तो अनजान लगेगी ही।

'नीचे उतरो और पहचानने की कोशिश करो' कामिल ने सुदक्षिणा के तरफ पहुंचकर गाड़ी का दरवाजा खोलकर कहा।

सुदक्षिणा नीचे उतर कर जगह को पहचानने की कोशिश कर रही थी। ज्यादा देर नहीं लगी पहचानने में। ये वही घर है जहाँ सुदक्षिणा यानि शीनू रहती थी।

'ये क्या किया कामिल भाई? मैं यहाँ कभी भी नहीं आना चाहती थी। तुम्हे मुझे यहाँ ले आने से पहले पूछना चाहिए था' नाराजगी से साथ वो बोली।

सुदक्षिणा कार का दरवाजा खोल वापस अपने जगह बैठ गई। वो काफी नाराज थी कामिल की इस हरकत की वजह से। कामिल भी वापस आकर अपनी जगह बैठ गया।

'मुझे पता था शीनू, की अगर मैं बताता तो तुम यहाँ नहीं आती। मुझे तुम्हारे बारे में सब कुछ पता है और ये भी पता है की तुम अपने पुराने घर कभी वापस नहीं गई थी। वजह क्या थी ये तो नहीं पता मुझे। शीनू, मैं तुम्हे दुःख नहीं पहुंचना चाहता हूँ। लेकिन

एक दोस्त होने के नाते जख्म को भरने के लिए कोशिश तो कर ही सकता हूँ ना? इतना सा अधिकार तो मैं तुमसे मांग ही सकता हूँ।

शीनू चुप थी। कामिल कहता गया।

'जिस दहलीज़ से वर्षों पहले तुम आखरी बार बाहर कदम रखी थी, एक बार कोशिश तो करो उसी दहलीज़ से वापस अंदर जाने की? इससे तुम जितना भागने की कोशिश करोगी वही यादें बार बार तुम्हारे ज़ख्म को कुरेदती रहेंगी और उसे नासूर बना देंगी। बाहर आओ और देखो तुम्हारी खानदानी हवेली को। ज़रा देखो, तुम्हे लगता नहीं है कि तुम्हारी हवेली बाहें फैलाये तुम्हे अपने आगोश में लेने के लिए आतुर है? उससे बातें करो, उसे पहले जैसे ही महसूस करने की कोशिश करो। देखोगी मन को आराम मिलेगा। भागो मत इससे, उसका सामना करो'

शीनू चुपचाप कामिल की बातें सुन रही थी और आँखों से आंसुओ की धारा बहती जा रही थी। कामिल ने उसे कुछ समय दिया और वापस उसकी तरफ का दरवाजा खोल अपना हाथ बढ़ा दिया।

'आओ शीनू, घबराओ नहीं, मैं हूँ ना तुम्हारे साथ'

एकबार फिर शीनू धीरे से कामिल का हाथ थामे कार से नीचे उतर आई और चारो तरफ नजर दौड़ाई। कितना बदल गया है सब कुछ। हवेली बाहर से तो करीब करीब वैसी ही दिखती है, सिवाय एक नीयन लाइट से बने बोर्ड के।

१५, शाहजहानाबाद,

(अ कल्चरल हब ऑफ़ ओल्ड दिल्ली)

इतनी तेज रौशनी की आँखों को चुभती है।

'तुम्हे शायद पता ना हो, ये दिल्ली का एक मशहूर हेरिटेज हब बन गया है। अंदर चलो तो फिर पता चलेगा'

मेन दरवाजे पर एक डेस्क के पास अतिथिओं का स्वागत करने के लिए एक महिला खड़ी थी। वो हाथ जोड़ कर नमस्ते की और बुकिंग लिस्ट में से नाम कन्फर्म कर पास खड़ी दूसरी महिला से दोनों को अंदर ले जाने के लिए बोली। इतने में कोई सीनियर, शायद मैनेजर होगा भागा हुआ उनलोगो के पास आया और दोनों को बढ़े अदब के साथ अंदर आने के लिए आग्रह किया। कामिल को लगा शायद यहाँ के मैनेजमेंट को पता चल गया होगा की उनके यहाँ कौन आनेवाले है। कोई छोटी अतिथि तो नहीं है सुदक्षिणा। इस तरह का स्वागत उसके लिए होना ही चाहिए।

अंदर आंगन में एक स्टेजनुमा जगह बनी हुई थी। उस पर कुछ लोग साजो सामान सेट करने की कोशिश में लगे थे। तबले की थाप और सारंगी के तारो की हरकत सुनाई दे रही थी। बजानेवाले शायद अपने अपने साज मिलाने की कोशिश कर रहे थे। दोनों धीरे धीरे अंदर दाखिल हुए।

हवेली के बाहर शायद ख़ास कुछ नहीं बदला था लेकिन अंदर एकदम अलग था। दीवारों पर पुरानी पेंटिंग लगी हुई थी। ज्यादातर पेंटिंग म्युटिनी के समय की थी। माहौल एकदम से पुरानी दिल्ली की याद दिला रहा था। एकदम से लग रहा था की जैसे उन्नीसवीं सदी के कोई नवाब की हवेली के अंदर आ गएँ है। ऐरकण्डीशनर होने के बावजूद छत से हाथ से खींचे जाने वाले कपड़े के पुराने पंखे लटक रहें थे और दूर खड़ा एक आदमी उसे धीरे धीरे खिंच रहा था। वेटर लोग उस ज़माने के वर्दी पहने हुए थे। दीवारों पर टंगे लालटेन और छत पर टंगे झाइ फानूस की रौशनी माहौल को और भी खूबसूरत बना दे रही थी। अब पहले जैसे कमरे नहीं रहें। शीनू भी फटी फटी आँखों से सब कुछ देख रही थी। शायद वो पुरानी हवेली को यहाँ न पाकर थोड़ी सी मायूस हो रही थी। हवेली

को थीम के मुताबिक डेकोरेशन करने वाले की तारीफ किये बिना रहा नहीं गया कामिल से। टेबल तो पहले से ही उसने बुक कर रखी थी। मैनेजर खुद दोनों को साथ लेकर पास लगे लिफ्ट की तरफ जाने लगा।

'नहीं, मुझे सीढ़ीओं से ऊपर जाना है' शीनू एकदम से रुक गई और बोली।

'लेकिन मेडम, काफी ऊँची सीढ़ी है। आप.........'

मैनेजर और कुछ भी कहना चाहता था लेकिन कामिल के इशारे से मैनेजर चुप हो गया और सीढ़ी का रास्ता दिखाने के लिए आगे बढ़ गया।

तीनो एकदम ऊपरवाले माले में पहुँच चुके थे। शीनू की अपनी जगह, जहाँ वो अपना समय जीनु दादू के साथ बिताती थी। शीनू को सब कुछ याद था। इन्ही यादों में ही तो वो खोई रहती थी। लेकिन अब ये जगह वैसी नहीं दिखती है। अंदर काफी बदलाव किया गया था। जहाँ शीनू की अपनी बरसाती हुआ करती थी, वो अब शीशे के दीवारों से बना पब था। हाँ, यहाँ से वो पार्क अभी भी दिखता था और वो सीमेंट से बने बेंच और ऊपर छतरी के जैसे दिखने वाला सीमेंट का ही बना हुआ शेड अभी भी है। हाँ, पार्क अब पहले जैसा बंजर नहीं है। अच्छे अच्छे पौधे लगे हुए है। छतरी और बेंच को भी रंगा गया है। एकदम अलग, पर सुन्दर दिख रहा है। काश हमारे समय भी ऐसा पार्क बना होता। शीनू सोच रही थी। जहाँ एक समय वो और मनीष और बाकि दोस्तों के साथ घंटो बैठ बातें किया करते थे। सोचनेवाली बात ये है कि ऐसा जरुरी नहीं है कि जो पहले था हमेशा वो ही ज्यादा सुन्दर हो। जो आज है वो भी सुन्दर हो सकता है।

कामिल चुप चाप उसे देखे जा रहा था। शीनू की दोनों आँखों के कोने में आंसुओ की बुँदे छलक रही थी। कामिल ने एक बार

सोचा की उसे रोने से रोके, लेकिन उसका मकसद तो और ही था। वो तो चाहता था कि शीनू अपने दिल के अंदर में इतने दिनों से जमे क्लेश को बाहर निकाले। उसके हर इंटरव्यू में कामिल को यही क्लेश महसूस होता था जब बात दिल्ली के बारे में होती थी। अम्मी कहती थी अगर घाव पर पस जमने लगे तो पस को जबरन बाहर निकाल देना चाहिए। उस वक़्त दर्द तो होता है लेकिन घाव भी जल्द ठीक हो जाता है। हालाँकि ये बात कोई डॉक्टर सुन लेता तो अम्मी को दौड़ा देता।

'हाँ भाई, आज क्या प्रोग्राम होनेवाला है नीचे?'

कामिल ने पास खड़े वेटर से पूछा।

'सर, आज मशहूर कथ्थक डांसिर मानसी देवी परफॉर्म करेंगी। आज एकदम हाउस फुल है सर 'बढ़े ही फक्र के साथ वेटर बोला।

अपने चेयर पर बैठे-बैठे ही थोड़ा से सिर नीचे झुकाने से ही आंगन का स्टेज दिख जाता है। टेबल का अरेंजमेंट ऐसे ही किया हुआ है।

शीनू एकदम चुप थी और फिर एकाएक बोलने लगी। उस की अपनी कहानी उसी की जुबानी। कामिल सुनता गया, समय कब निकलता जा रहा था, आसपास के लोग उन्हें देख भी रहे है या नहीं, कुछ पता नहीं। कामिल ने अपनी घड़ी देखी, ११ बज चुके थे। नीचे जलसा खत्म हो चूका था। इक्के दुक्के लोग बैठे हुए थे। शीनू रेड वाइन ले रही थी और कामिल भी। वैसे कामिल इसका शौक़ीन तो नहीं लेकिन साथ देने के लिए कभी कभार ले लिया करता था।

३. फिर वहीं

वो ही घर, वो ही हवेली, जहाँ बड़े पापा, बड़ी माँ, छोटे चाचू, छोटी माँ, दीदी, सोना दादा, बाबा, माँ और मै, सब कितने शुकुन के साथ रहते थे। एक-एक घटना और दिन मेरी आँखों के सामने सिनेमा की तरह दिखने लगा। दूर पार्क के उस कोने पर ही तो रखी हुई थी हमारी कार। कार पुरानी थी लेकिन उसके पॉलीथिन का कवर एकदम नया खरीद कर चढ़ाया था बड़े पापा। कार चलती नहीं है तो क्या हुआ उसकी एक इज़्ज़त तो है, की नहीं? बड़े पापा का यही तर्क था सबके सामने। शीनू अपनी कहानी बोले जा रही थी। कुछ भावुक थी कुछ रेड वाइन की कृपा थी।

'फिर? सुबह तुम्हारे बाबा और माँ जमशेदपुर चले गएँ?' कहानी के बीच में कामिल ने शीनू से पूछा।

'नहीं, पहले कलकत्ता गए, फिर वहां से जमशेदपुर गए थे, शायद वहां कुछ काम था। एकदम सुबह की गाड़ी थी।'

माँ और बाबा ने काफी सुबह उठकर ही अपनी पैकिंग कर ली थी। मेरी नींद तो तभी खुल गई थी। पता नहीं क्यों उठ नहीं रही थी मैं। दोनों आपस में कुछ बातें भी नहीं कर रहे थे सिवाय एक दो बातें 'ये ले लूँ?' 'इसे रहने दूँ?' के सिवा। माँ तो एकदम खामोश थी, बस 'हाँ' 'नहीं' में बाबा के प्रश्नो का जवाब दे रहीं थी। पता नहीं क्या हो रहा था।

सब कुछ पैक हो जाने के बाद बाबा मेरे नजदीक आएं और सिर पर प्यार से हाथ फेरते हुए बोले

'शीनू बेटा, उठ जाओ, हमारे जाने का समय हो गया है।'

मैं तो जागी ही हुई थी। झट से उठकर बाबा को गले लगा लिया। मुझसे अब रहा नहीं जा रहा था।

'बाबा, माँ आपलोग आपस में बातें क्यों नहीं कर रहे हो? प्लीज़ बात करो ना! मुझे अच्छा नहीं लग रहा है' रोती हुई मैं बस इतना ही बोल पाई। माँ भी हम दोनों के पास आ गई और दोनों को एकसाथ गले लगा ली।

'ये क्या? मेरी सयानी बेटी रो रही है?' माँ रुंधी हुई आवाज में बोली।

'बस कुछ ही दिन की तो बात है। तुम्हारा एग्जाम खत्म होते ही, तुम मेरे पास आ जाओगी।'

'लेकिन माँ, बड़े पापा बड़ी माँ और बाकि सब तो अकेले हो जायेंगे ना यहाँ? वो कैसे रहेंगे यहाँ?'

दोनों कुछ नहीं जवाब दे पाए मेरे प्रश्न का। शायद उन्हें भी पता नहीं इसका जवाब।

सामान लिए हम सब नीचे आ गए। बैठक के कमरे में सब इंतज़ार कर रहें थे। बड़ी माँ भी दीदी का हाथ पकढ़ वहां मौजूद थी। सबकी आँखों में बिछड़ने का दर्द आंसू बनकर बहते दीख रहे थे। माँ और बाबा ने बारी-बारी से बड़े पापा और बड़ी माँ का चरण स्पर्श किया।

'जग्गू रे! ये सब क्या हो गया? अब हम क्या करेंगे?' बड़े पापा, बाबा को गले लगाते हुए एकदम से जोर जोर से रो पड़े। छोटे चाचू बाहर बरामदे में चले गए। वो सामान बगैरा टैक्सी में चढ़ाने लगे। ये तो बहाना था उनका, वो अपना दर्द नहीं दिखाना चाहते थे।

तीनो भाइयों का आपस में प्यार और इज्जत किसी से भी छुपा नहीं था। सारे मोहल्ले के लोगो को ये पता है। मैं बड़ी माँ के पास गई और बोली

'बड़ी माँ आप इतना दुखी मत हो ना, मैं तो हूँ आपके पास!'

'मेरी बच्ची! मेरी बच्ची! सयानी हो गई। तुम सब लोगों ने इस नन्ही सी बच्ची को जबरदस्ती बड़ा कर दिया।'

मैं चुपचाप उनसे लिपटी रही। अब मैं रोउंगी तो बड़ी माँ और भी रोयेंगी। तबियत ठीक नहीं है उनकी। इस समय ज्यादा रोना धोना ठीक नहीं है उनके लिए।

देर हो रही थी। छोटे चाचू ने बाहर से आवाज लगाई।

'चलो चलो, जल्दी करो, ट्रेन का समय हो गया है। ज्यादा देर करोगे तो ट्रेन छूट जाएगी। फिर मुझे नहीं कहना की तेरे लिए देर हो गई।'

कम बोलने वाले छोटे चाचू अपने स्वभाव से बाहर आज कुछ ज्यादा नहीं बोल रहें है? बड़ी होने के बाद समझी थी कि जब दिल पर चोट पहुंचे तो बातें करो, खूब बातें करो। इससे दर्द कम होता है। छोटे चाचू से सीखा था मैने।

बाबा माँ टैक्सी के पिछले सीट पर और छोटे चाचू सामने ड्राइवर के साथ बैठ गए। टैक्सी स्टार्ट हुई और चलने के तैयार हो गई। माँ मेरी तरफ एक टक देखे जा रही थी। कुछ बोल ही नहीं रही थी। मैं बड़े पापा और दीदी का हाथ पकड़ कर खड़ी थी और माँ से नजर मिलाने से कतरा रही थी। कोई वजह नहीं थी बस यूँ ही। इधर उधर देख रही थी। आसमान के पूरब दिशा में हलकी रौशनी दिख रही थी। सूरज उगने वाला है। दो चार चिड़ियों के चहचहाने की आवाज आ रही थी। टैक्सी जब निकल गई तब मेरे आंसू निकल आएं और जोर से दीदी से लिपट गई और रोने लगी। दीदी ने भी मुझे अपने गले से लगा लिया। बहुत देर तक रोका था ना आंसुओ को मैने, एकाएक फुट के बाहर आ गए।

मेरे लिए माँ बाबा के बिना रहना कोई नई बात नहीं थी। कई बार बाबा माँ मुझे साथ लिए बिना कहीं बाहर घूमने गए थे या मामा के वहां गए थे। मैं नहीं गई उनके साथ शायद एग्जाम या कोई और वजह से। लेकिन आज की बात कुछ और थी। जैसे बड़े

पापा कह रहे थे कि इस घर को क्या हो गया है? यही बात मुझे सताए जा रही थी की ये परिवार कैसे टूट रहा है। क्योंकि एक बात तो समझ गई थी कि माँ अब यहाँ नहीं रहेंगी और मुझे भी यहाँ से एग्जाम के बाद जमशेदपुर चले जाना पड़ेगा। सारे दोस्त और स्कूल छोड़ने का गम अभी से सता रहा था। बाबा कह रहे थे वहां भी बहुत अच्छे अच्छे स्कूल है। लेकिन अपनी जगह अपने दोस्तों को छोड़ जाने का दर्द क्या होता है, वो तो मैं उसी उम्र में समझ गई थी।

आज अगर सोना दादा आ जाते तो शायद सब कुछ ठीक हो जाता। पता नहीं वो कैसे हैं, किस हालत में है। मैं, माँ जिस तरफ पलंग पर सोइ हुई थी उस कोने पर लेटी हुई थी और ये सब सोच रही थी। माँ की भीनी भीनी सुगंध जो आ रही थी तकिये से।

नीचे से छोटी माँ की आवाज आई।

'शीनू नीचे आ जा, तेरे जीजाजी आएं है'

'आती हूँ छोटी माँ'

मैं भाग के नीचे जाने ही वाली थी कि ध्यान आया की मैं तो सोने वाली कपड़ें में हूँ। जल्दी से एक अच्छी वाली फ्रॉक पहन नीचे भागी। जीजाजी से तो अच्छी तरह बात भी नहीं हुई थी मेरी। मौका ही कहाँ मिला।

नीचे पहुँच कर देखा की जीजाजी बड़ी माँ के कमरे में बैठे है। मैं बड़ी माँ के पलंग पर जा बैठी।

जीजाजी मेरे तरफ देख हलके से मुस्कुरा दिए और बड़े पापा से बात करने लगे।

'जी नहीं, पिताजी और घर के सभी लोगों की भी यही राय है'

'लेकिन ये तो गलत है ना, रिसेप्शन या बहुभात तो एक रस्म है। उसके बिना तो ये अनुष्ठान अधूरा है, बेटा! 'बड़े पापा धीरे से बोले।

'पिताजी का कहना है कि अब हम सब एक परिवार है और परिवार में कोई आपदा आये तो सब कोई इसके भागीदार बन जातें

है। आनंद अनुष्ठान तो बाद में भी हो सकता है। सब कुछ ठीक हो जाये फिर कर लेंगे। एकबार सोना भाई मिल जाये तो सब मिल कर आनंद करेंगे।'

'ये तो सम्बन्धीजी का बड़प्पन है बेटा!, मुझे निसंदेह फक्र है हमारी रिस्तेदारी पर। अपने पिताजी को मेरा नमस्कार कहना, नहीं ऐसा करता हूँ मैं ही फ़ोन पर बात कर लेता हूँ'

बड़े पापा तुरंत उठकर बैठक वाले कमरे में गए बात करने के लिए।

जीजाजी मुझे अच्छे लगें। बहुत शांत और सोच समझ के बातें करने वाले है। बड़ी माँ से काफी देर बात करने के बाद जीजाजी मेरी तरफ मूढ़े। छोटी माँ तबतक नास्ता और चाय लिए वहां आ गई थी।

'छोटी माँ, मैं और शीनू एक साथ ब्रेकफ़ास्ट करेंगे, क्यों शीनू चले डाइनिंग टेबल पर?'

मैं धीरे से सिर हिलाकर 'हाँ' कह कर जीजाजी के साथ डाइनिंग टेबल पर आ कर बैठ गई।

छोटी माँ ने इस मौसम के मशहूर दशेरी आम काट कर टेबल पर रखे थे। साथ में पूरी और आलू की सब्जी। साथ में कुछ मिठाइयां भी थी।

दोनों प्लेट लेकर एक दो पूरी थोड़ी सब्जी लेकर खाने लगे।

'और शीनू! आज से तो स्कूल खुल गया है, है ना?'

'जी जीजाजी'

'अच्छा होता अगर तुम भी तुम्हारी दीदी के साथ आज हमारे घर चलती। लेकिन स्कूल है तो चलो किसी और दिन प्रोग्राम बनाना, ठीक है?'

'लेकिन रिसेप्शन का प्रोग्राम तो आपलोग आज नहीं कर रहें है।'

'हाँ, बात तो सही है, लेकिन मैन प्रोग्राम, यानि तुम्हारी दीदी सबको बासंती पुलाव परोसेगी, रस्म के अनुसार। बस इतना ही होगा। बाद में देखी जाएगी बाकि प्रोग्राम'

'लेकिन आपलोग तो सारा इंतज़ाम कर चुके थे, इतने सारे रुपये बर्बाद होंगे ना?'

जीजाजी हंस दिए।

'हाँ, वो तो है लेकिन यहाँ के हालात और तुम्हारी दीदी के मन की अवस्था इस समय क्या है, इसको भी तो हमें देखना चाहिए। घर पर कोई दुखी हो तो फिर आनंद उत्सव का कोई मतलब ही नहीं बनता है। बाकि रही खर्चे की बात, तो तुम बड़ी हो कर जब नौकरी करोगी तब चूका देना। मैं पूरा हिसाब तैयार कर के दे दूंगा तुम्हे। क्यों ठीक है?'

जीजाजी के बातों से मेरी हंसी छूट गई। जीजाजी भी हंसने लगे।

बात तो सही कह रहे थे जीजाजी। कितने अच्छे है जीजाजी और उनके घरवाले।

'एक बात और, तुम जीजाजी नहीं बल्कि मुझे दादा कहके बुलाना।'

'लेकिन दादा तो भैया को कहते है, जैसे सोना दादा'

'हाँ, सही कह रही हो। ये बात तो है लेकिन आजकल दादा शब्द बंगाली लोगों के नाम के पीछे लगा कर प्यार और सम्मान से बुलाते है। इसके साथ भाई होने का कोई संपर्क नहीं है, लेकिन तुम चाहो तो मुझे अपना बड़े भैया या दादा समझ सकती हो। वैसे मोहल्ले के डॉन को भी लोग दादा कह के बुलाने लगे है।'

हम दोनों फिर से इसी बात पर हंस दिए की इतने में दीदी भी आ गई और हमारे साथ नास्ता करने लगी। कितनी देर और बेचारी यहां रुकेगी, उसे भी तो जाना है अपनी ससुराल।

४. एक और नया अहसास

'जब तक स्कूल में रहती थी, मन लगा रहता था। लेकिन जैसे ही घर आती थी, अपने आप में एक उदासी सी छा जाती थी। छोटी माँ को हर तरह से सहायता करने की कोशिश करती थी। रसोई के काम में हाथ बटांती थी। खाना परोसना, बड़ी माँ को समय पर दवा आदि देना। बड़े पापा तो ज्यादातर समय घर पर रहते ही नहीं थे। कभी पुलिस थाने तो कभी मीणा अंकल के साथ किसी नेता या कोई प्रभावशाली शख्स से मिलने जाते थे। लेकिन बेचारे बड़े पापा को झूठी सांत्वना और निराशा के सिवा कुछ हाथ नहीं लगता था। हमें तकलीफ इस बात की थी कि आखिर सोना दादा की कोई खबर तो मिले! वो ज़िंदा भी है या नहीं, ये भी तो नहीं पता।'

शीनू की इस बात से कामिल इतना तो महसूस कर ही पा रहा था की उस समय इनलोगो के घर की हालत क्या थी। किस दौर से यह लोग गुजरे होंगे।

'सच शीनू! हमें तो इस बारे में कुछ भी नहीं पता था। और पता भी होता तो हम क्या कर लेते। वैसे मुझे जितना याद है की तुम नवी के बाद ही दिल्ली छोड़ कर चली गई थी?' कामिल ने जानना चाहा।

'हाँ, उसके बाद मैने इंटरमीडिएट जमशेदपुर से ही किया था'

शीनू फिर आगे बोलती गई।

'वैसे देखा जाये तो उस समय सब कुछ जैसे आदत सी हो गई थी। एक अलग ही रूटीन बन गया था घर में। सब चुपचाप अपने अपने काम में लगे रहते थे। कभी कोई फ़ोन आ जाता था तो दौड़

के फ़ोन उठाना। क्या पता शायद कोई अच्छी खबर हो।बुरी खबर का कोई इंतज़ार नहीं करता है। बाबा लगभग रोज ही रात को फ़ोन कर लिया करते थे। मैं तो उस फ़ोन का ही इंतज़ार किया करती थी। लेकिन पता नहीं माँ मुश्किल से फ़ोन पर आती थी। ज्यादा से ज्यादा बस 'हाँ' या 'ना' तक ही बोलती थी। बाबा कह रहे थे आजकल माँ कुछ कम ही बोलती है। ज्यादा समय चुपचाप बैठे कुछ सोचती रहती है। इससे ज्यादा बाबा कुछ नहीं बोले थे। माँ की आवाज सुनने के लिए तरस जाती थी मैं। लेकिन ये भी धीरे धीरे आदत सी हो गई।'

स्कूल में भी सभी को पता चल गया था सोना दादा के बारे में। कोई पूछता तो नहीं था लेकिन बड़ी ही अजीब तरह से सब पेश आ रहे थे। सभी की नज़रों में एक सहानुभूति दिख रही थी। पता नहीं क्यों सभी मेरे साथ पहले जैसे बर्ताव नहीं कर रहे थे सिवाए मनीष के। वही था जो स्कूल से ले के घर आने तक मेरे साथ या आस पास ही रहता था। अपने स्वभावनुसार मुझे हंसाने की कोशिश करता रहता था।

आज भी स्कूल से घर आई और खाना खाने के बाद सोच ही रही थी होमवर्क ख़त्म कर लूँ या नहीं। बाद में करेंगे सोच कर मैं बड़ी माँ के कमरे में चली गई और पास जा के उनकी बगल में लेट गई। बड़ी माँ मुझे देख के मुस्कुराई और मेरी तरफ पलट कर मेरी बाँह को धीरे धीरे सहलाने लगी।

'मेरी बेटी ठीक से खाना खाई है ना? मैं तो कुछ नहीं कर पा रही हूँ। ये डॉक्टर भी सारा वक़्त बिस्तर में पड़े रहने के लिए बोल रहा है। सारा काम बेचारी छोटी और तुझे करना पड़ रहा। मैं तो एकदम निकम्मी हो गई हूँ'

बस, आँखों से आंसू टपकने लगे उनके।

'नहीं तो बड़ी माँ, हमें तो कोई परेशानी नहीं हो रही है। आप बेवजह फ़िक्र कर रही हो' मैं उनके आंसू पोछते हुई बोली।

'देख ना, सब कुछ कैसे उलट पुलट हो गया है। तेरे बड़े पापा भी आजकल घर पर रहते ही नहीं है। इतनी उम्र हो गई है, अभी इतनी भाग दौड़ तो उनके लिए तो ठीक नहीं है ना! बोल? तू ना एकबार उससे बोलना। वो तेरी बात मानेंगे जरूर। अब जो भगवान की इच्छा है होगा। वो बस इतनी गर्मी में भागा दौड़ी ना किया करे। तू बोलेगी ना?'

'हाँ, बड़ी माँ, मैं बोल दूंगी'

मैं टेबल पर पढ़े प्रिस्क्रिप्शन देखते हुई बोली।

'अभी आपको एक दवाई लेनी है। थोड़ा सा उठकर बैठ जाओ। मैं पकढ़ रही हूँ आपको'

'मैं सहारा देता हूँ आंटी को। तुम पानी ले आओ'

मनीष पता नहीं कब अंदर आ चूका था और मैं कुछ कहती, उसने पहले ही वो बड़ी माँ को सहारा देकर बैठा दिया।

'अरे मनीष बेटा, तुम कब आये। खाना खा लिए हो ना? शीनू देख तो, छोटी माँ को। शायद रसोई में ही है। उसे बोल की मनीष के लिए कुछ खाने को ले आए'

बड़ी माँ ऐसी ही है, कोई भूखे पेट नहीं रहना चाहिए।

'नहीं नहीं आंटी मैं खाना खा के आया हूँ। बस शीनू के साथ मिलकर होमवर्क करने आया हूँ। मेरी माँ क्या बिना खाना खिलाये घर से निकलने देंगी? वो तो आप ही की तरह हैं ना'

बड़ी माँ उसकी बातों से हंस दी। वो भी मनीष की मजाकिया आदत से अच्छी तरह वाकिफ थी।

'मनीष, चल होमवर्क खत्म करते है'

दवा देने के बाद मैं बोली। काफी होमवर्क था। निपटना तो पड़ेगा।

'नहीं, चल कहीं घूम आते है। वापस आके फिर होमवर्क करेंगे। आंटी मैं और शीनू थोड़ा बाहर से घूम आएं?'

मुझे बिना पूछे ही वो बड़ी माँ से पूछ बैठा।

'हाँ हाँ, जाओ ना तुमलोग। इसे ले जा,सारा दिन घर पर बैठी रहती है। जा शीनू थोड़ा घूम के आ। फिर पढ़ने बैठना'

ऐसा नहीं की मेरा मन नहीं कर रहा था। लेकिन बड़ी माँ को अकेला छोड़ के जाने का भी मन नहीं कर रहा था। मैं कपड़े बदल के बाहर आई तो देखा मनीष रोड पर खड़ा है।

'चल शीनू! मैंगो शेक पीते हैं'

हम दोनों हलके कदमो से चलकर थाने के चबूतरे के पास आ गए, जहाँ हम अक्सर बैठा करते थे। उस घटना के बाद पता नहीं क्यों थाने के सामने आने से ही दिल की धड़कन बढ़ जाती है।

'नहीं, यहाँ नहीं चल पहले शेक पिते है, फिर पार्क में बैठेंगे'

'चल फिर'

हमलोग शेक पीकर घर के सामनेवाले पार्क पर आ बैठे। सूरज डूब चूका था। पार्क के अंदर एक आध बत्ती जल चुकी थी। मेरे घर से छोटी माँ अभी ठाकुरजी के सामने शायद दिया-बाती जला रही थी। शंख की आवाज सुनाई दी। हम दोनों चुपचाप पार्क के बेंच पर बैठे थे। एकाएक मनीष ने मेरा हाथ पकड़ा और बोला।

'सुना है, तुम एग्जाम के बाद अपने मम्मी पापा के पास चली जाओगी?'

'हाँ, तो?'

'नहीं, ऐसे ही पूछ रहा हूँ।'

शायद मैंने कुछ ज्यादा ही रूखे स्वर में जवाब दिया होगा।

'हाँ, जा रही हूँ। लेकिन एकदम मन नहीं कर रहा है जाने का। पता नहीं नया स्कूल कैसा रहेगा। नए दोस्त बनेंगे भी या नहीं? वहां के दोस्त कैसे होंगे? कुछ नहीं पता'

मनीष से सब कुछ बताने का दिल कर रहा था।

'ये भी सुना है कि बड़े पापा, बाबा और छोटे चाचू इस घर को बेच देंगे। एकबार सोना दादा मिल जाये तो। अब हमलोग यहाँ नहीं रहेंगे। तुझे नहीं पता, मैं इस हवेली को ले कर एक कहानी लिख रही थी बड़े पापा से सुन सुनकर। वो भी अधूरी रह जाएगी। और भी पता नहीं क्या क्या अधूरा रह जायेगा'

मैं चुप हो गई। फिर शायद कुछ ज्यादा ही बोल गई मैं। लेकिन मनीष को सब कुछ बताने में मुझे कोई हिचकिचाहट नहीं हो रही थी। मनीष चुपचाप सुन रहा था सब लेकिन मेरा हाथ अभी भी पकड़ा हुआ था। मैंने भी हाथ छुड़ाने की कोशिश नहीं की। अच्छा लग रहा था।

दोनों बातें कर ही रहे थे कि एक पुलिस की जीप हमारे घर के सामने आ के रुकी और उसमे से मीणा अंकल और बड़े पापा उतरे। कुछ तो है जो दोनों एक साथ और जल्दीबाजी में उतर कर घर में घुस गए। मैं और मनीष तुरंत वहां से उठ, घर की और भागे।

५. अंधेरे में रौशनी

रात के करीब साढ़े ग्यारह बज चुके थे। नीचे आंगन का प्रोग्राम कभी का खत्म हो चूका था। इधर उधर इक्केदुक्के लोग अभी भी पानाहर कर रहे थे। कामिल ने इसी बीच डिनर का आर्डर दे दिया था। शीनू शायद अबतक तीन चार गिलास वाइन ले चुकी थी; कामिल भी। शीनू बिना रुके अपनी आपबीती बताये जा रही थी। कामिल उसे रोकना नहीं चाहता था। उसे लगा शायद आज पहली बार शीनू दिल खोल कर सारी बात बता रही है जो उसने शायद आज तक किसी से नहीं की हो। शीनू ने अपनी कहानी जारी रखते हुए कहा।

'अरे सुनते हो सब! यहाँ आ जाओ यहाँ। और हाँ, मेरे और मीणा के लिए दो कप चाय हो जाती तो अच्छा होता।"

बड़े पापा सोफे पर आराम से बैठ कर आवाज दे रहे थे सभी को। मीणा अंकल भी उनकी बगल में ही बैठ गए थे। बड़े पापा का चेहरा देख कर हम सबने महसूस किया कि हो ना हो कोई अच्छी खबर होगी। बड़ी माँ की वो हालत थी नहीं की उठकर बैठक कमरे में आये। लेकिन बड़े पापा की आवाज ही इतनी बुलंद है की बगल के कमरे में भी सुनाई देगी।

'सुनो सब, अभी अभी हमें खबर मिली है की सोना मिल गया है।'

मुझे लगा की सभी एक साथ साँस रोके खड़े थे और खबर सुनने के बाद एक साथ ही सबकी साँस छूटी। सब एकदम खामोश थे। बगल के कमरे से बड़ी माँ का रोने की आवाज आई। शायद ये रोना ख़ुशी का था।

'चलो भगवान का शुक्र मनाओ। लेकिन है कहाँ सोना?' छोटे चाचू ने आखिरकार ख़ामोशी तोड़ी।

'अभी अभी खबर मिली है कि दो दिन पहले उसे करनाल के हाईवे पर जख्मी हालत में पाया गया था। हालत गंभीर थी। पास के गांव के लोगो ने उसे नजदीक के सरकारी अस्पताल में दाखिल कर दिया है। अब वही जा के पता चलेगा की मामला कितना गंभीर है।'

मीणा अंकल के बात करने के अंदाज से एक बात तो उसी उम्र में समझ गई थी कि उन्हें पता है, सोना दादा की अवस्था क्या है लेकिन वो पूरी तरह से अभी बताना नहीं चाहते है। इतने में मैने गौर किया कि, मनीष मेरी बगल से गायब है। कहाँ गया? ये सोच ही रही थी कि वो अपने पिताजी और मम्मी को साथ में लिए घर के अंदर आते दिखाई दिया। पीछे पीछे मोहल्ले की कई लोग भी आ रहे थे। सभी के चेहरे से ख़ुशी झलक रही थी। बड़े पापा इतने में सभी को फ़ोन कर के खुशखबरी सुनाने में लग गए थे। मीणा अंकल ने इशारे से छोटे चाचू को बुलाया और बाहर बरामदे में चले गए। मुझे तो कुछ शक हो रहा था तो मैं भी चाचू के पीछे हो ली।

'निर्मल भाई, एक बात तुम्हे पता होना जरुरी है की सोना की हालत कुछ ठीक नहीं है।'

'क्यों क्या हुआ है उसे?' छोटे चाचू एकदम से घबरा गएँ।

'देखो, जैसा की पता चला है कि उसे हाइवे पर बुरी तरह से जख्मी और अचेत हालत में पाया गया है। तो मुझे यूँ लग रहा है हालत गंभीर ही होगी। ऐसा करो की तुम और अखिल जल्दी से तैयार हो लो। मैं फ़िलहाल इस पुलिस की जीप को घर जा कर छोड़ देता हूँ और अपनी कार उठा ले आता हूँ। फिर जितनी जल्दी हो सके हम निकल पड़ेंगे।'

'जी भैया, आप जैसा ठीक समझे'

छोटे चाचू समझ नहीं पा रहे थे की क्या करे। काश इस समय बाबा होते तो सब कुछ सम्हाल लेते।

'अंकल में भी जाउंगी आपलोगो के साथ' मैं बोल पड़ी।

चाचू इतना चकित नहीं हुए थे जितना मीणा अंकल हो गए।

'नहीं बेटा, आपका जाना ठीक नहीं होगा वहां'

मैं कुछ बोलती, उसके पहले ही चाचू बोले।

'मीणा भैया चलने दो, ये लड़की जुगल भैया का हूबहू कॉपी है। शायद मेरे से भी ज्यादा हिम्मतवाली है। और बड़े भैया को ये ही सम्हाल सकती है'

मैं बाबा जैसी हूँ? पहली बार अहसास हुआ मुझे। हां हूँ तो।

'जा शीनू! जल्दी से तैयार हो ले। और अपनी छोटी माँ से बोल कुछ नास्ता पानी भी पैक कर दे हमारे लिए।'

मीणा अंकल मेरे तरफ एक हलकी मुस्कान दिए। मेरे सिर पर हाथ फेर कर जल्दी बाहर निकल गए और जीप पर सवार हो अपने घर के तरफ निकल गए। हमारे पास शायद एक आध घंटा ही होगा निकलने के लिए।

घर के अंदर अभी भी सारे लोग थे और तरह तरह की बातें कर रहे है। मनीष भी वहीं बैठा था। मुझे देख वो उठ आया और मेरे पीछे पीछे ऊपर चला आया। मैं आते समय चाची को बोल दी थी की कुछ खाना और पानी पैक कर दें हम सब के लिए। मनीष की मम्मी भी छोटी चाची को सहायता करने के लिए रसोई में चली गई।

'वैसे तू क्यों जा रही है सोना दादा को लाने?' मनीष ने धीरे से मुझसे पूछा।

'क्यों? मैं जा नहीं सकती हूँ क्या?' मेरे अंदर के बाबा तुरंत जाग उठे। अब चाचू ने बोल ही दिया है तो पीछे हटना तो अब नामुमकिन है।

'नहीं ऐसी बात नहीं। लेकिन वहां तू करेगी क्या जा कर?'

कभी-कभी ये भी ना अजीब तरह की बातें कर लिया करता है।

'क्यों? मैं लड़की हूँ इसीलिए?' अब सच में मनीष पर गुस्सा आ रहा था उसकी बेतुकी बातों से। मैं चुपचाप एक बैग में कुछ जरुरी सामान भरने लगी।

'देख! तू बेवजह गुस्सा कर रही है। मैं ये कहना चाह रहा था कि वहां का माहौल शायद तेरे लिए ठीक ना हो।'

पता नहीं क्यों मनीष एक ही बात रटे जा रहा था। मैं उसकी तरफ एक ठंडी नजर डाल कर उससे बोली।

'तुम नीचे जाकर बैठो। मैं कपड़े बदल कर नीचे आ रहीं हूँ।'

हक्का-बक्का मनीष कुछ बोले बिना नीचे चला गया।

रात काफी हो चुकी थी। शायद १२ बज चुके थे। इतना ध्यान नहीं दिया। बाहर बरामदे में मैं खड़ी मीणा अंकल का इंतज़ार करने लगी। मैं सही थी, अंकल की काले रंग की अम्बैसेडर कार आगे के मोढ़ से हमारी हवेली की तरफ आती देख मैंने सबको बाहर आने के लिए कहा। बड़े पापा मीणा अंकल के साथ बैठ गए। मैं और छोटे चाचू पीछे बैठ गए। निकलते-निकलते तक़रीबन १ बज चुके थे। कार के शीशे नीचे कर दिए थे हमने। शाम के समय जैसे गर्म हवा चलती है अब वो नहीं थी। ठंडी-ठंडी हवा चलते ही आँख बंद हो आई। छोटे चाचू ने मुझे अपने पास खिंच लिया और मैं उनके कंधे पर सिर रखकर सो गई।

शायद कुछ घंटे ही सोइ थी कि महसूस हुआ कि कार शायद रुकी हुई है। मैंने आंखे खोली तो देखा, रास्ते के किनारे कार रुकी हुई थी। बड़े पापा, छोटे चाचू और अंकल चाय पी रहे थे। लेकिन आस पास दुकान तो नहीं है। मैं भी कार से नीचे उतर गई।

'बेटा, कॉफ़ी पीयेगी? वैसे तेरी आंटी ने तेरे लिए अलग फ्लास्क में हॉट चॉकलेट भी बना दिया हैं, इधर देख डिकी में रक्खी है'

आंटी यानी मीणा आंटी ने इतनी जल्दी जल्दी सब बना दिया है? मुझे हॉट चॉकलेट तो पसंद है। मैने बगल में रखे पानी की बोतल से थोड़ा पानी पी कर उसी गिलास में हॉट चॉकलेट डाल लिया। आसमान थोड़ा-थोड़ा सफ़ेद होने लगा है। घड़ी देखी, सुबह के पांच बजने वाले है। एक बात महसूस हुई कि, हम आपस में कोई बातें नहीं कर रहे थे। छोटी मोटी बातों के सिवा। जैसे बात करना जरुरी है इसीलिए बात कर रहें है। सूरज अपने मुँह से धीरे धीरे अँधेरे की चादर हटा रहा था। आस पास का सब कुछ अब साफ़ साफ़ दिखाई देने लगा। आसपास के पेड़ो पर सोये पंछी जाग चुके थे। उनकी चहचहाने की आवाज धीरे धीरे बढ़ रही थी। मुझे ऐसा लगा जैसे आदमी चिड़िया मादा चिड़िया से बाजार से क्या क्या लाना है, पूछ रहा है। इसमें थोड़ी बहुत बहस तो होती ही है। वही शायद चल रही है आपस में।

हॉट चॉकलेट पी चुकी थी, फिर भी गिलास को होटों से टिकाए मैं चिड़ियों की आवाज सुन रही थी।

'शीनू बेटा, तुम्हारा हो गया है तो जल्दी से आ जाओ कार में'

मीणा अंकल की आवाज सुन कर मैं उन चिड़ियों की दुनिया से वापस आ गई।

'हाँ अंकल, बस अभी आती हूँ'

गिलास को पानी से धो कर वापस अपनी जगह रख दी और चाचू के बगल में जा बैठी।

रोड के किनारे में लगा माइल स्टोन दिखा रहा था, करनाल और २६ किलोमीटर दूर है।

कार अपनी रफ़्तार से चल रही थी। छोटे चाचू धीरे धीरे हनुमान चालीसा गाने लगे। मैं भी उनके साथ सुर मिला ली। बचपन से सुनती आ रहीं हूँ छोटे चाचू के पास, सारी चालीसा मुझे मुंहजुबानी याद है।

'वाह, निर्मल, शीनू बेटा जरा जोर से गाओ। मैं भी गाऊंगा, मुझे तो पूरी आती नहीं है ना'

मीणा अंकल के कहने पर हम दोनों जोर से गाने लगे।

जय हनुमान ज्ञान गुन सागर।

जय कपीस तिहुँ लोक उजागर।।

रामदूत अतुलित बलधामा।

अंजनी-पुत्र पवनसूत नामा।।

महावीर विक्रम बजरंगी।

कुमति निवार सुमति के संगी।।

बड़े पापा की आवाज काँप रही थी। देखा मीणा अंकल एक हाथ स्टेयरिंग पर रख दूसरे हाथ से बड़े पापा का हाथ पकड़ उनको ढारस बंधा रहे थे। मैंने भी पीछे से बड़े पापा को गले लगा लिया और गाती गई। हम सब गा रहे थे।

नासै रोग हरै सब पीरा।

जपत निरंतर हनुमत बीरा।।

संकट ते हनुमान छुड़ावै।

मन क्रम वचन ध्यान जो लावै।।

हाईवे के किनारे पर लगे मिल का पत्थर फिर से बता रहा था हमारी मंजिल और १२ किलोमीटर है। एक एक किलोमीटर घट रहा था और दिल की धड़कन तेज होती जा रही थी। पता नहीं किस हाल में देखूंगी सोना दादा को।

याद आता है जब दुर्गा पूजा का फंक्शन होता था तब दादा के साथ देर रात तक प्रोग्राम देखा करती थी। कोई स्टार नाईट

होती थी तो दादा ही भरोसा था जो साथ में ले जाता था। कभी कोई चीज की कमी महसूस होने नहीं दी। सब की आंख बचाकर चुपके से समोसा, पकोड़ा, जलेबी ले आता था फिर मैं दीदी और दादा मिलकर घर की छत पर जाकर चुपके से सब खाते थे। बड़ी माँ और माँ को अगर पता चलेगा तो अच्छी खासी धुलाई जो हो जाएगी। वह दोनों दुकान का खाना एकदम पसंद नहीं करती थी। उनका कहना था कि कुछ भी खाने का मन हो तो हमें बताओ, हम बना देंगे। बाजार की गन्दी चीज़े खाने की क्या जरुरत है? अब घर पर बनाई चीज़ो में बाजार वाला स्वाद थोड़े ही आता है? अब ये उनको कौन समझाए!

६. सरकारी अस्पताल

'फिर क्या हुआ?'

डिनर दोनों खत्म कर चुके थे। नैपकिन को टेबल के किनारे रखते हुए कामिल पूछा। शीनू की कहानी का दर्द, शायद कामिल को भी छू गया था।

शीनू एकबार उठकर रेलिंग के किनारे गई और झांक कर आंगन को देखती रही। आंगन एकदम खाली हो चूका था। कुछ बत्तियां जल रही थी। कुछ रौशनी, कुछ अँधेरे में शायद शीनू को कुछ याद आ रहा था। थोड़ी देर तक देखती रही फिर वापस अपनी जगह आ कर बैठ गई।

'नीचे आंगन में जाना चाहोगी?'

कामिल को लगा शायद वो वहां जाना चाहती हो।

'हाँ, जाउंगी, लेकिन यहाँ से जाते समय' अपनी घड़ी देखती हुई शीनू बोली।

हम लोग करनाल पहुंच चुके थे। दो तीन लोग से पूछताछ करने के बाद अस्पताल ढूंढ के मिला। सरकारी अस्पताल जैसा होता है वैसा ही था। पीले रंग की बिल्डिंग और गन्दगी उतनी जितनी कल्पना नहीं की जा सकती है। बदबू इतनी की मैंने रुमाल से नाक ढक लिया। दवा और गन्दगी की मिली जुली बदबू। नसीब अच्छा था, अंदर घुसते ही एक डॉक्टर मिल गए। मीणा अंकल वर्दी में थे इसीलिए शायद डॉक्टर रुक गए और सोना दादा के बारे में पूछने पर नजदीक खड़े एक वार्ड बॉय से हमलोगो को दादा के पास ले जाने के लिए बोले।

जनरल वार्ड के एक कोने में दादा दिखे। हमलोग करीब करीब दौड़ते हुए उनके पास गए। सिर और सारे शरीर में बैंडेज लगे हुए है। कहीं कहीं बैंडेज तो खून से सनी हुई थी। कोई बैंडेज बदलनेवाला भी नहीं है। बगल में सेलाइन का बोतल भी लगी हुई थी।

'सोना! सोना! उठ जा बेटा! देखो हम सब आ गए है, तुम फ़िक्र मत करो, सब ठीक हो जायेगा।'

बड़े पापा के कई बार आवाज देने के बावजूद भी सोना दादा ने कोई जवाब नहीं दिया। वो तो आंख बंद किये हुए गंदे से बिस्तर पर पड़े हुए थे। बड़े पापा एकदम से चुप हो गए और एकटुक दादा को निहारते रहें। चाचू ने उनको पकढ़ लिया वरना तो वो शायद वहीँ जमीन पर ही बैठ जाते। ये तो अच्छा हुआ था की मीणा अंकल की वर्दी देख अस्पताल में भगदड़ मच गई थी। किसी ने शायद वहां के बड़े डॉक्टर को खबर दी होगी। दूर से बदहवास हालत में वो आते हुए दिखे। गौर किया हड़बड़ाहट में एप्रन के अंदर दिख रहे शर्ट का बटन भी गलत लगाए हुए थे।

'जी मैं यहाँ का चीफ मेडिकल सुपरिन्टेन्डेन्ट हूँ'

डॉक्टर साहब मीणा अंकल से हाथ मिलाते हुए बोले। वो बेचारा बुरी तरह हांफ रहे थे। उसी हालत में डॉक्टर ने जो कुछ बताया उसका सार ये था।

'ये जनाब, दो दिन पहले हाईवे के किनारे पास के गांव वालो को मिले थे। उन्हें तो लगा था के ये ज़िंदा नहीं है। फिर भी कुछ सज्जन लोग थे जो इन्हे यहाँ ले आये थे। जो भी यहाँ उपलब्ध मशीन है उस से हमने इनकी जांच की। बाहरी चोट कुछ ख़ास नहीं है लेकिन अंदरूनी चोट काफी है। प्राथमिक जाँच से इतना तो पता चल रहा है की ब्रेन प्रतिक्रिया नहीं कर रहा है। आपलोगो को तो पता ही होगा कि इस तरह के प्राथमिक अस्पताल में आगे की जाँच के लिए कोई सुविधा नहीं है। हमसे जो बन पढ़ा हमने किया। मेरा

तो यहीं कहना होगा की इन्हे जल्द से जल्द किसी अच्छे हॉस्पिटल में ले जाएँ और इलाज शुरू करवाएं। देर होने से खतरा बढ़ सकता है। मैं इतना कर सकता हूँ कि एक एम्बुलेंस और साथ में जाने के लिए एक ट्रेंड वार्ड बॉय जो की समय समय पर सेलाइन आदि बदलता रहे इतंजाम करवा दे सकता हूँ

डॉक्टर की मज़बूरी मुझे भलीभांति समझ में आ रही थी। उनसे जितना बन पड़ा उन्होंने हमारे लिए कर दिया।

हॉस्पिटल से निकलते निकलते लगभग १२ बज चुके थे। एकदम सुबह चाय और हॉट चॉकलेट के सिवा पेट में एक भी दाना नहीं गया था। वैसे इस वक़्त खाने का ध्यान किसको है? लेकिन चाचू कहीं से ब्रेड और केला ले लिए थे सो वही खा लिया हम लोगो ने। एम्बुलेंस में मैं और छोटे चाचू और अंकल की कार में बड़े पापा थे। बड़े पापा काफी ज़िद कर रहे थे की वो भी एम्बुलेंस में जायेंगे लेकिन अंकल ने मना कर दिया और जबरदस्ती कार में अपने पास बिठा लिया। जरुरी भी था, उनकी तबियत को ध्यान में रखते हुए।

जाते समय जितना समय लग रहा था महसूस हुआ की उससे कहीं जल्दी ही हमलोग दिल्ली पहुँच गए। चाचू ने फ़ोन कर दिया था वहां से निकलने से पहले। एम्बुलेंस जयप्रकाश नारायण अस्पताल का गेट पार कर चुकी थी। मोहल्ले के काफी लोग इकट्ठा हो गए थे अस्पताल के सामने। कोई पार्टी का झंडा लिए कुछ लोग दूर खड़े नारे भी लगा रहे थे। ये कहाँ से आ टपके? कोई नेता टाइप सामने था।

'यही है वो संतोष झा' चाचू धीरे से उस नेता को दिखाते हुए बोले।

हमलोग एम्बुलेंस से अभी उतरे नहीं थे। मीणा अंकल तजुर्बेकार हैं। उन्हें पता था, शायद ऐसा कुछ होनेवाला है। उन्होंने जरूर हॉस्पिटल से निकलने से पहले अपने थाने में खबर कर दी थी।

एम्बुलेंस जैसे ही इमरजेंसी के सामने रुकी, पूरी की पूरी पुलिस फ़ौज ने हमें घेर लिया। एम्बुलेंस की खिड़की से सब दिख रहा था। अंकल ने अपनी कार से नीचे उतरकर एक इंस्पेक्टर को कुछ इशारा किया। फिर क्या था १०-२० पुलिस उन नारेबाजों के ऊपर टूट पड़े। और शायद अंकल के कहने पर ही कुछ पुलिस उस संतोष झा को घेर लिए और शरीर के हर अंग पर ढूंढ ढूंढ कर लाठी ज़माने लगे। अपने नेताजी की हालत देख बाकि नारेबाजी करने वाले कार्यकर्ता अपना अपना झंडा फेंक इधर उधर भागते हुए दिखे। कुछ लोग तो घबराकर सामने खुला गेट रहते हुए भी दिवार फांदने की कोशिश करने लगे। मेरी तो उनकी हरकत देख हंसी छूट गयी। चाचू भी हंसने लगे।

इमरजेंसी के लोग जल्दी से दादा को स्ट्रेचर पर लेटा कर अंदर ले गए। मैं भी जानेवाली थी साथ में की किसी ने मेरा हाथ पकढ़ कर खिंचा। वो मनीष था।

'चल, अब तो घर चल। सब चिंता कर रहें है तेरे लिए'

'ठीक ही कह रहा है मनीष। तुम उसके साथ घर चली जाओ। कल से तेरी काफी दौड़-धुप हो गई है' चाचू बोले।

मैं कोई जवाब दिए बिना मीणा अंकल की कार में गई और उसमे से जो भी घर का सामान वगैरा था एक बैग में समेट लिया और चुपचाप मनीष के साथ अस्पताल के गेट से बाहर आ गई। मनीष ने एक रिक्शा बुला लिया। घर तो नजदीक ही है, पैदल भी जा सकते थे।

'अभी भी नाराज़ हो मुझ से?'

मनीष, रिक्से में मेरी बगल में बैठते हुए पूछा।

'नहीं तो'

'नहीं मुझे लगा की तुम उस दिन मेरी बात से नाराज हो गयी थी।'

'नहीं ऐसा कुछ नहीं'

मैं थकी हुई तो थी, ऊपर से बक बक करने का मन नहीं कर रहा था। लेकिन ये जो है रुकने का नाम ही नहीं ले रहा था।

'देख, मैं तुझे ये समझाने की कोशिश कर रहा था की वहां पता नहीं दादा किस हालत में होंगे और तू शायद वो देख नहीं पाएगी।'

'क्यों? तू मुझे कमजोर समझता है क्या?'

अब सच में मुझे गुस्सा आ रहा था।

'फिर तू नाराज हो रही है। अच्छा छोड़ ये सब बातें। अरे तेरे बाबा आएं है!'

'क्या? बाबा आएं है? और तू मुझे अभी बता रहा है? चल नीचे उतर रिक्से से'

मनीष घबराकर सच में नीचे उतर गया। वो और कुछ कह पाए इससे पहले ही मैंने रिक्सेवाले से कह दिया

'भैया, जरा जल्दी चलाना'

रिक्सावाला भैया तेजी से चलाना शुरू किया। मैंने पीछे मूढ़ के देखा भी नहीं कि मनीष वहीं खड़ा रह गया। मैंने शायद थोड़ी ज्यादती कर दी है। अब कर दी, तो कर दी। घर जल्दी पहुंचना है। माँ भी आई है क्या? ये तो मैंने मनीष से पूछना भूल ही गई थी। अब पीछे मुड़के पूछना तो मेरे लिए इज्जत का सवाल है। जाने दो घर जा कर तो पता ही चल जायेगा।

घर पहुंची तो देखा की बाबा अस्पताल के लिए निकल चुके थे। कोई बात नहीं रात को तो आ ही जायेंगे, तब खूब बातें करेंगे। लेकिन माँ क्यों नहीं आई? छोटी माँ से पूछा तो वो बोली की तबियत ठीक नहीं है इसीलिए वो नहीं आई। वैसे घबराने वाली बात नहीं है।

छोटी माँ और बड़ी माँ के कहने पर खाना खा कर ऊपर सोने चली गई। बुरी तरह थकी हुई थी मैं। बिस्तर पर लेटते ही एकदम गहरी नींद में चली गई।

'शीनू, शीनू उठ जा मेरी बच्ची'

ये तो बाबा बुला रहें है। मैं झट से उठी और बाबा को सामने देख उनसे लिपट गई। बाबा धीरे धीरे मेरे सिर पर हाथ फेरने लगे।

'मेरी बच्ची, बस थोड़े ही दिनों में इतनी बड़ी हो गई?'

'हाँ, बाबा, पता है छोटे चाचू मीणा अंकल से भी यही बोल रहें थे कि मैं एकदम आपके तरह हूँ।'

'अच्छा? ये तो अच्छी बात है। चल खाना खा ले फिर हम दोनों पार्क में बैठ के बातें करेंगे'

इतने में मुझे दादा का ख़याल आया।

'सोना दादा कैसे है अब?'

'बताता हूँ, तू पहले खाना खा ले, फिर बैठके बातें करेंगे। जा भाग के जा'

मैं उठी और मुँह धो कर खाने के टेबल पर चली गई।

बाहर के बरामदे से बाबा पार्क के बेंच में बैठे हुए दिखे। मैं भी वही जाकर उनकी बगल में बैठ गई। बाबा ने अपनी कमीज़ के सामनेवाली जेब टटोलकर एक सिगरेट निकाली और माचिस से उसे जलाया।

'ये क्या बाबा, आप तो पहले सिगरेट नहीं पीते थे?'

'नहीं बेटा, बस यूँ ही एक पीने का मन किया, सो अस्पताल से आते समय एक खरीद ली। ये लो फेंक देता हूँ'

एक दो कश ले कर बाबा सिगरेट को जमीन पर फेंक दिया और पैर से उसे मसल कर बुझा दिया। चलो अच्छा है, उन्हें आदत नहीं लगनी चाहिए।

'देखो तुम्हे पहले सोना के बारे में बताता हूँ। डॉक्टर का कहना है कि हालत अच्छी नहीं है। जान से तो बच गया है लेकिन शरीर का निचला हिस्सा अभी एकदम काम नहीं कर रहा है। हो सकता है आगे चलकर शायद ठीक हो जाये। कुछ कहना अभी से मुश्किल है। देखो, ईश्वर ने चाहा तो सब ठीक हो जायेगा। हम लोग सब साथ है ना, कुछ न कुछ कर ही लेंगे, बोलो?'

'हाँ बाबा, हम दोनों मिलकर सब कुछ सम्हाल लेंगे'

बाबा तो है ना? सब कुछ ठीक कर देंगे।

मैं एक बोतल पानी ले आई थी। मुझे पता है बाबा को थोड़ी-थोड़ी देर में प्यास लगती है। मैंने बोतल उनके आगे कर दी। वो दो तीन घूंट पानी पी लिए।

'यहाँ बस सबसे बड़ी समस्या है कि भाभी यानि तुम्हारी बड़ी माँ को ये बातें समझाना। दिल की मरीज हैं। ये सदमा पता नहीं बर्दास्त कर पाएंगी या नहीं, यही चिंता मुझे खाए जा रही है'

'बड़े पापा भी तो टूट जायेंगे?'

'पिता है, दुखी तो होंगे लेकिन वो फौजी हैं। मुझे पता है, आखरी दम तक वो लड़ेंगे। जल्दी हार मानने वालों में से नहीं है वो'

बाबा बोल तो दिए, लेकिन कहीं न कहीं बाबा का वो दम मुझे दिखाई नहीं दे रहा था।

'भैया तो तय ही कर चुके है की एकबार सोना ठीक हो जाये तो ये हवेली बेच देंगे। इतनी बड़ी हवेली की देख भाल करना भी तो कोई आसान काम नहीं है। वैसे हम तीनो भाई भी इस बात से सहमत है। अब देखा जाये आगे आगे क्या होता है'

हवेली बेचने वाली बात मुझे पसंद नहीं आई। क्यों बेचेंगे? हम सब तो साथ साथ रह सकते है ना यहाँ?

बाबा थोड़ी देर के लिए फिर चुप हो गएँ। पास रखी बोतल से फिर थोड़ा पानी पी लिया।

'अब अगली बात ध्यान से सुनो। बात यूँ है, तुम्हारी माँ की तबियत भी इतनी अच्छी नहीं है। काफी जाँच के बाद पता चला है की उन्हें डीमेनशिया हो गया है।'

'ये कौन सी बीमारी है बाबा?'

'बहुत जटिल है बेटा, मस्तिष्क की बीमारी है। ब्रेन के दोनों भाग ठीक से काम नहीं करते है। भूल जाना, अपने ही लोगो को नहीं पहचान पाना, अचानक से बात नहीं करना आदि इसके लक्षण है। जैसे जैसे यह बीमारी बढ़ती है, शरीर के बाकि अंग भी अपने आप काम करना बंद कर देते है। विदेश में इसका इलाज तो थोड़ा बहुत हो जाता है, लेकिन यहाँ लोगो को इसके बारे में जानकारी भी नहीं है। आमतौर पे ये बीमारी ज्यादे उम्र वालों को होती है। लोग उसे सठिया जाना या भूलने की बीमारी आदि नाम दे देते है। लेकिन अब ये देखा गया है कि ये कम उम्र के लोगो में भी हो रही है। सोना के गुम हो जाने की वजह से शायद ये बीमारी अपने आप तुम्हारे माँ के अंदर उभर के आ गई है। वैसे ठीक से कोई बता नहीं सकता ये क्यों और कैसे होता है।'

'बाबा, अगर माँ को अच्छे डाक्टरों के पास ले जाया जाए तो ठीक हो जाएगी ना?'

'पता नही बेटा। डॉक्टर तो कह रहे थे की इसका कोई इलाज नहीं है, बस बीमारी की रफ़्तार धीमी की जा सकती है।

बाबा के कथन में निराशा के सिवा और कुछ नहीं दिख रहा था मुझे। बाबा की हालत देख कर अब मुझे ये महसूस होने लगा था कि जो इंसान मजबूत दिखते हैं, कोई जरुरी नहीं की वो अंदर से भी मजबूत हों। ये बात अलग है की वो अपनी कमजोरी दिखाना नहीं चाहते है। वरना घर के बाकि लोग अपने आप में ही लड़ने की

क्षमता खो बैठेंगे। सारे लोग तो बाबा के भरोसे पर ही है। उनको तो मजबूत रहना ही है। बाबा को मैं गौर से निहारने लगी। उनकी आँखों में अब वो चमक तो थी ही नहीं। मुझसे रहा नहीं गया अब। बाबा को जकड़ कर रो पड़ी मैं।

'बाबा अब क्या होगा हमारा। क्या माँ मुझे नहीं पहचान पायेगी?'

बाबा भी मुझे अपने सीने से लगा लिए। कुछ देर चुप चाप मुझे रोने दिए।

'देखो शीनू, मेरी बच्ची, हम दोनों है ना? दोनों मिलकर सामना करेंगे। कुछ भी हो जाये, हम टूटेंगे नहीं। देखते है ईश्वर और कितनी परीक्षा लेते है हमारी। शीनू बेटा एक बात सुन लो। मैं तुम्हे इतनी बातें क्यों बता रहा हूँ इसकी एक वजह है। लोग शायद कहेंगे की इतनी छोटी बच्ची को इतनी बातें बताने की क्या जरुरत है। लेकिन ये जरुरी है, तुम्हारे लिए। दूसरे पिताओं की तरह शायद मैं तुम्हे आसान सी ज़िन्दगी नहीं दे पाऊं। कोशिश तो रहेगी, लेकिन तुम्हे भी मज़बूत बनना पड़ेगा। हर समस्या को झेलने की शक्ति तुम्हे अपने अंदर लानी पड़ेगी। आज सोना, भाभी, तुम्हारी माँ सब कुछ ना कुछ वजह से तकलीफ में है। हमें उनको सहारा देना पड़ेगा। साथ में अपनी ज़िन्दगी भी बनानी पड़ेगी। तुम्हारा अब से यही लक्ष्य होगा। जितनी भी कठिनाई आये टूटना नहीं बेटा।'

'पहली बार बाबा की आँखों में आंसू देखे थे मैंने।'

इतना कहकर शीनू अपनी आंखे झुका कर कुछ सोचने लगी। कामिल तो आज श्रोता है। बस सुनते जाना है उसे। डिनर ख़त्म करने के बाद कामिल एक एक गिलास वाइट वाइन का आर्डर दिया था। वो भी खत्म हो चुकी थी।

'और आर्डर दूँ वाइन के लिए?' कामिल ने शीनू से पूछा।

'नहीं, समय हो गया यहाँ से निकलने के लिए'। मोबाइल की घड़ी देखते हुए शीनू बोली।

कामिल ने वेटर को इशारा किया चेक के लिए।

'तो तुम्हारी कहानी यहीं खत्म हो रही है?'

'एक तरह से कह सकते हो'

आगे फिर बोली शीनू

'बड़ी माँ. और तीन महीने तक थी। दादा की हालत बड़ी माँ से देखी नहीं गई थी। दवाई लेने से इंकार करती थी। अपने हाथो से नहीं खिलाओ तो वो बिस्तर के नीचे छुपा देती थी। उन्हे आभास तो हो गया था की दादा अब कभी ठीक नहीं होंगे।'

'क्या सोना दादा ठीक नहीं हुए?'

'ऐसा भी नहीं, उस समय जितना हो सका हमलोगो से उनके इलाज में पानी की तरह पैसा बहाया था। कुछ समय बाद पैसे की तंगी हमने महसूस की। ऊपर से बड़ी माँ और माँ का इलाज भी जुड़ चूका था। माँ को भी इलाज के लिए दिल्ली वापस ले आया गया था। लेकिन कुछ फायदा नहीं हुआ। बड़ी माँ के जाने के ठीक दो साल बाद माँ भी हमें छोड़ कर चली गई। उम्र इतनी कम भी नहीं थी मेरी। उसी समय सोच लिया था की कभी इस मनहूस हवेली में कदम नहीं रखूंगी।'

'और तुम्हारे छोटे चाचू और चाची? वो कहाँ है अब?' कामिल ने पूछा।

'चाचू रिटायर करने के बाद तो यहीं रह गए थे। फिर अचानक क्या सूझी को धो दोनों वृन्दावन के इस्कॉन से जुड़ गए। अब तो दोनों वहीं रहते है। मैं दिल्ली आने से पहले उनसे मिल के आई थी। कृष्ण भक्ति में लीन हो गए है दोनों।'

'तुम्हारे किसी टीवी इंटरव्यू में सुना था मैने। कोई पत्रकार तुमसे पूछा था की आप दिल्ली की है तो यहाँ वापस क्यों नहीं आती हैं? तुमने उस प्रश्न का कोई उत्तर नहीं दिया था।'

'ठीक, क्या जवाब देती? उन्हें मेरी निजी ज़िन्दगी से क्या लेना देना है? वैसे कामिल भाई, तुम चाहो तो मेरी ये कहानी अपने अंदाज़ में लिख सकते हो। मैं नहीं रोकूंगी तुम्हे।'

'नहीं, शीनू मै नहीं लिखूंगा।'

'तो फिर तुम क्या लिखोगे?'

'कुछ नहीं। कोई जरुरी तो नहीं है की मुझे कुछ लिखना ही है! तुमसे मैं इतने सालो बाद मिला हूँ, यही मेरे लिए बहुत है'

शीनू कामिल के तरफ देख मुस्कुरा दी। फिर अपना बैग टटोलकर एक पेन ड्राइव निकाल कर कामिल के हाथ में थमा दिया। कामिल आश्चर्य चकित हो गया। उसकी आँखों में प्रश्न था।

'कामिल भाई, ये एक आर्टिकल है जो इंडियन इकॉनमी के ऊपर मैने लिखा था। इसे मैने किसी यूनिवर्सिटी के लिए लिखा था उनके जर्नल के लिए। इसे तुम रख लो और इसे तुम अपने मैगज़ीन में पब्लिश कर देना।'

'थैंक यू शीनू'

चलो कम से कम धनञ्जय के गाली से तो बच गया वो। वरना पता नहीं क्या क्या सुनना पड़ता कामिल को।

'मैं थोड़ा नीचे आंगन से हो के आती हूँ। तुम बल्कि बाहर मेरे लिए इंतज़ार कर लो। ज्यादा देर नहीं रुकूंगी।'

'कोई नहीं, मेरे लिए खालिद चाचा के सिवा और कौन इंतज़ार कर रहा होगा घर में। तुम आराम से आओ'

कामिल के बात से शीनू हंस दी। कामिल भी हँसते हुए अपनी जगह से उठकर नीचे चला गया।

७. सखि, वे मुझसे कहकर जाते

कितने साल बाद आई हूँ इस हवेली में, ये गिन के बताना अभी मुश्किल है। एक-एक सीड़ी की पायदान से नीचे उतरना मुझे जैसे अतीत के गहराइयों में ले जा रहा था।

आँखों के सामने से हवेली का ये नया रूप धीरे धीरे ओझल होता गया और पुरानी हवेली दिखने लगी। वो कोने में रसोई से बड़ी माँ की आवाज सुनाई दे रही है।

'शीनू! जल्दी आ जा, नास्ता ठंडा हो रहा है। आ के देख सूजी के हलवे में कितने सारे बादाम और किशमिश डाले है मैने तेरे पसंद के'

माँ की आवाज भी सुनाई दे रही है। 'शीनू ख़बरदार, इन गंदे हांथो से खाना छुआ भी तो। पहले हाथ धो लो साबुन से'

बड़े पापा 'शीनू बेटा एकबार गाड़ी स्टार्ट कर के देख तो, पेट्रोल कितना है? और डालने की जरुरत है की नहीं'

यही वो आंगन है, जहाँ पहले बड़ी माँ और फिर कुछ साल बाद माँ को लाल साड़ी में लपेटकर लिटाया गया था। यहीं, ठीक इसी जगह, तुलसी के पौधे लगे गमले के पास। छोटी माँ और दीदी, उन दोनों को चन्दन के लेप से दुल्हन की तरह सजाई थी। मांग में सिंदूर और और बड़ी सी एक बिंदी माथे पर। माँ जब चली गई तब मै आंगन के उस कोने में बाबा से लिपटकर खड़ी थी। सब मेरी तरफ देख रहे थे। मेरी आँखों से एक बून्द भी आंसू नहीं निकल रहा था उस समय। क्या करूँ? आंसू सुख जो गये थे एक के बाद एक दुर्घटनाओं का मुकाबला करते-करते।

'शीनू कैसी हो?'

एक जानी पहचानी आवाज। मैं इधर उधर नजर दौड़ाई, लेकिन कोई दिखाई नहीं दिया।

'मुझे तुम भूल तो नहीं सकती, लेकिन हाँ, दिखाई तो नहीं दूंगा'

'जीनु दादू?'

'ठीक पहचाना! चलो अच्छा है तुम मुझे भूली नहीं। वैसे अक्सर लोग मुझे भूल जाते है, फिर मैं उनके पास रह नहीं पाता हूँ'

दादू का वो पहले जैसा मायूस सा चेहरा मुझे जैसे मन की आँखों से फिर से दिखाई देने लगा। पहले धुंदला सा, फिर धीरे धीरे साफ़ दिखाई देने लगा।

'हाँ हाँ दादू अभी मैं आपको देख सकती हूँ'

'अच्छा? ये तो कमाल हो गया!'

दादू के चेहरे पर मुझे देख ख़ुशी की झलक दिखी, जो शायद ही कभी मैने देखी हो।

'दादू आपको पता है इस घर में क्या क्या हुआ था?'

'हाँ तो, मुझे तो सब कुछ पता है, मैं तुम्हे छोड़ के गया ही कब था? अब देखो तुम्हारे बाबा, दीदी-जीजाजी के साथ है, कभी कभी लंदन में तुमलोगो के पास भी आ जाते है। जैसे सोना दादा तुम्हारे पास ही हैं। उनका सही इलाज हो जाने की वजह से व्हील चेयर छोड़ कभी कभी खुद भी चल लेते है|

'एकदम ठीक बताया'

'बस, एक ही चीज मुझे एकदम अच्छी नहीं लगी थी।'

'वो क्या?'

'वो जो हमने ड्रम सेट बनाया था, वो चंदू कबाड़ी वाला जब ले गया। कितनी मुश्किल से हमने बनाया था'

'आपने कब बनाया था? वो तो मैने बनाया था!'

अब मुझे गुस्सा आ रहा है। बे-वजह दादू अपना क्रेडिट लेना चाह रहे है।

'हाँ हाँ तूम ही बनाई थी। लेकिन मैने तुम्हे उत्साह तो दिया था ना? ये कोई कम बात थोड़े ही है?'

'अच्छा अच्छा, आपने भी बनाने में साथ दिया था, अब ठीक है?'

'एक और बात, तुम्हे किसी को सॉरी भी बोलना था। पता है कौन?'

'हाँ, पता है, मनीष को'

'बेकार का झगड़ा की थी ना उससे?'

'हाँ, आप सही बोल रहें है। दरअसल इतना गुस्सा भी मुझे नहीं करना चाहिए था। लेकिन वो है कहाँ? कामिल को भी तो नहीं पता'

'कोई जरुरी नहीं है कि उसके सामने जा के ही सॉरी बोलना है। मन ही मन बोल दो तो हो जाएगा।

'दादू, यहाँ खड़े मेरा मन कर रहा की जोर-जोर से बड़ी माँ, माँ और बड़े पापा को पुकारूँ।'

'खबरदार, ऐसा मत करना। ऊपर देखो, सब वेटर और मैनेजर तुम्हे देख रहे है। सब पहचानते है तुम्हे। कल ही अख़बार में छप जाएगा की मशहूर इकोनॉमिस्ट सुदक्षिणा अपनी पुस्तैनी हवेली में जाकर पागल हो गई है। समझ रही हो ना?'

'हाँ, अब वो सब कुछ नहीं कर सकती हूँ, जो मन चाहता है'

'ठीक है दादू अब मुझे जाना चाहिए। काफी देर हो चुकी है। बेचारा कामिल मुझे गाली दे रहा होगा अबतक।'

'हाँ शीनू, मुझे भी अब जाना चाहिए।'

'दादू आप मेरे से आगे भी बात करते रहोगे ना?'

'हाँ जरूर, लेकिन इस हवेली में ही तुमसे मैं बात कर पाऊँगा।'

'यहाँ ही क्यों?'

'अच्छा ये बताओ, तुम जब कभी सपना देखती हो तो कभी गौर किया है अक्सर वह जगह कौन सी होती है?

'हाँ की है, जब भी कोई सपना देखती हूँ तो ज्यादातर समय यही हवेली होती है। यूँ कहूं तो, घटना और शहर कुछ भी हो लेकिन घूम फिर के यही हवेली कहीं ना कहीं दिख जाती है।'

'क्यों की तुम्हारा मन अभी भी इसी हवेली में बसा हुआ है और तुम्हारा मन जहाँ रहता है, वहां मैं रहता हूँ।'

'लेकिन दादू, एक बात और पूछनी थी'

कोई आवाज नहीं मिली दादू की। और समय की तरह दादू अबतक गायब हो चुके थे।

'ठीक है दादू मैं फिर वापस आउंगी यहाँ। अगली बार मेरे बच्चो को भी ले आउंगी और यहाँ की कहानी सुनाऊँगी'

बाहर कामिल मेरे लिए इंतजार में खड़ा था। खड़ा क्या था, दोनों हाथो से मच्छरों से लड़े जा रहा था। मुझे देखकर उसने कार के पास पहुंचकर पिछला दरवाजा खोल दिया।

"एक मिनट कामिल, अभी आती हूँ"

हवेली से चौथे मकान के सामने मैं रुक गई। यही था मनीष का घर। मैं हाथ जोड़कर बोली

'सॉरी मनीष, उस दिन के लिए, जिस दिन घर जाते समय में तुम्हे रिक्से से उतार दिया था। तुम्हे तो पता ही था, मेरी समझ उस समय किस तरह बिखरी हुई थी। फिर तुम बेकार की बहस भी तो कर रहे थे? दोस्ती में तो ऐसा होता ही है। उसके बाद तो तुम ने मेरे से बोलना ही छोड़ दिया था। स्कूल में तो बोलते ही नहीं थे, मेरे फेयरवेल पर भी नहीं आये। और तो और जिस दिन मैं चली गई यहाँ से उस दिन भी तुम आये नहीं मेरे से मिलने। आज मानती हूँ की गलती मेरी थी। सच में तुझे बहुत चोट पहुंचाई थी मैने। मुझे ऐसा नहीं करना चाहिए था। कोशिश तो की थी कई बार तुमसे मिल के सॉरी बोलूं। लेकिन मेरे नजदीक जाते ही तुम दूर चले जाया करते थे। पता नहीं आज तुम कहाँ हो, लेकिन आज दिल से तुमसे माफ़ी मांग रही हूँ, माफ़ कर दे मेरे दोस्त।'

और वापिस कार में आकर बैठ गई।

'तुम मनीष के घर के सामने क्यों रुकी, कोई कॉन्फेशन?' दूसरी तरफ का दरवाजा खोल, बैठते हुए कामिल पूछा।

'एक काम बाकि रह गया था, उसे ही पूरा करने गई थी।' मैं मुस्कुराती हुए बोली।

अब चलो यहाँ से निकलते है। कल एकदम सुबह की फ्लाइट है। वैसे मेरे चंगु-मंगू भी पीछे पीछे आ रहा है ना?'

'हाँ, है ना पीछेवाली कार में। वैसे तुमने अच्छा नाम दिया है, चंगु मंगू।' कामिल जोर से हँसता हुआ बोला।

गाड़ी ज्यादा तेज नहीं चल रही थी। कोई वजह नहीं थी, बस ड्राइवर की मर्जी। कामिल और मै एकदम चुप चाप थे। कार की एयरकंडीशनर बंद कर दी गई थी। कार के सारे शीशे नीचे किये हुए थे। मिलीजुली गर्म ठंडी हवा खिड़की से आ रही थी। कोई बड़ी पार्क के नजदीक से गुजरते समय ठंडी, फिर जैसे ही खुली जगह से गुजरते, हलकी गर्म हवा आने लगती थी। शायद हम दोनों को ही अच्छा लग रहा था।

'शीनू, स्कूल में 'मैथिली शरण गुप्त' की कविता पढ़ी तो थी, कुछ याद भी है?'

कामिल ने चुप्पी तोड़ी।

'कौन सी कविता की बात कर रहे हो?'

'चलो, सुनाता हूँ, अगर कहीं बीच से याद आ जाये तो साथ में जुड़ जाना' मुस्कुराकर कामिल ने कविता पाठ शुरू किया।

सखि, वे मुझसे कहकर जाते,

कह, तो क्या मुझको वे अपनी पथ-बाधा ही पाते?

मुझको बहुत उन्होंने माना

फिर भी क्या पूरा पहचाना?

मैंने मुख्य उसी को जाना

जो वे मन में लाते।

सखि, वे मुझसे कहकर जाते।

स्वयं सुसज्जित करके क्षण में,

प्रियतम को, प्राणों के पण में,

हमीं भेज देती हैं रण में -

क्षात्र-धर्म के नाते।

सखि, वे मुझसे कहकर जाते।

हुआ न यह भी भाग्य अभागा,

किसपर विफल गर्व अब जागा?

जिसने अपनाया था, त्यागा;

रहे स्मरण ही आते!

सखि, वे मुझसे कहकर जाते।

मुझे याद है वो कविता। 'मैथिली शरण गुप्त' की लिखी 'यशोधरा' की है। हम शायद आठवीं में थे, तब याद की थी। विशाखा दीदी हमारी हिंदी की क्लास लेती थी। हम लोग काफी मजाक उड़ाते थे उनका। क्योंकि ये कविता पाठ करते समय विशाखा दीदी अक्सर भावुक हो जाया करती थी। समय शायद थोड़ी धुंदली कर दी थी वो यादें। लेकिन कामिल के पाठ करते ही मुझे याद आ गया और मैं बीच से शुरू हो गई। कामिल थोड़ी देर और साथ चलकर चुप हो गया और आंखे मुंद कर मेरा पाठ सुनता गया।

नयन उन्हें हैं निष्ठुर कहते,

पर इनसे जो आँसू बहते,

सदय हृदय वे कैसे सहते?

गये तरस ही खाते!

सखि, वे मुझसे कहकर जाते।

जायें, सिद्धि पावें वे सुख से,

दुखी न हों इस जन के दुख से,

उपालम्भ दूँ मैं किस मुख से?

आज अधिक वे भाते!

'फिर कामिल? आगे का याद नहीं आ रहा है। तुम बोलो'

अब इतने दिन बाद याद रखना थोड़ा मुश्किल काम तो है। जैसे ही कामिल बोलना शुरू किया, मुझे बाकि का याद आ गया। फिर हम दोनों साथ साथ आगे का पाठ करने लगे।

सखि, वे मुझसे कहकर जाते।

गये, लौट भी वे आवेंगे,

कुछ अपूर्व-अनुपम लावेंगे,

रोते प्राण उन्हें पावेंगे,

पर क्या गाते-गाते?

सखि, वे मुझसे कहकर जाते।

रानी यशोधरा को दुःख इस बात का नहीं है कि उनके पति राजकुमार सिद्धार्थ उन्हें और पुत्र राहुल को छोड़ निर्वाण प्राप्ति के लिए चले जाते है। उसे तो इस बात का क्षोभ है कि जाते समय वो यशोधरा से सही ढंग से विदा लेके नहीं गएँ थे। अब ये दुख अपनी सखि के सिवा और किस से वो बाट सकती है?

इस कविता का इस उपन्यास से क्या लेना देना? कुछ नहीं या शायद बहुत कुछ। कोई जरुरी तो नहीं है कि हम हर कथन का अर्थ ढूंढे और एक दूसरे से जोड़े। कभी कभी यूँ ही कुछ कर गुजरना चाहिए चाहे उसका कोई मतलब निकलता हो या ना हो। इसी में आनंद है, ख़ुशी है, शांति है।

समाप्त

www.ingramcontent.com/pod-product-compliance
Lightning Source LLC
Chambersburg PA
CBHW031627170726
47990CB00017B/400